親指の恋人

[日]
石田衣良

江裕真 译

拇指恋人

上海译文出版社

目录

二十岁男女在涩谷的商住两用大楼殉情

　　【本报讯】二十五日上午十点左右，清洁人员在东京都涩谷区中央大街的商住两用大楼楼顶，发现了江崎澄雄先生（二十岁）与三田树里亚小姐（二十岁）的遗体。两人似乎是通过短信认识，从一个月左右前开始交往的。现场散放的容器，装的可能是从手机网站购买的安眠药等药品。两人的手腕处以红色缎带绑在一起，据分析属殉情。

第一章

一

　　隔着玻璃望去，东京都中心的校园里，绿意盎然。这些树秋天明明都会枯萎，为何这时候又会以这种气势伸展枝干、长出繁茂的叶子呢？真是一种无意义的反复过程。高楼大厦上方的天空中，满是一片片黑压压的乌云。低气压正在靠近，夏天的狂风带有一种让人心情浮躁的预兆。江崎澄雄在自己常去的大学自助餐厅里，眺望着渐渐变暗的世界。

　　差不多刚好是第三堂课结束的时候，豆大的雨滴在石板路上迸开。学生们以各种姿态小跑步地赶着去上下一堂课。澄雄凝视着雨水往下流淌的玻璃，他的面前是一杯凉掉的拿铁。平常的校园，看起来奇妙地扭曲着。自己的人生，就像这面玻璃一样，没有梦想，没有希望，也没有目标。没有想做的工作，没有热衷的游戏，就连打发无聊的嗜好也没有。二十岁的自己是个冷淡的人，就像玻璃那样透明，外人可以看到它的内部空空如也。

　　"澄雄！"

　　转头看向声音的方向，两个男学生拿着装有冰拿铁的玻璃杯，正往这里走来。他们是大内诚也与金子卓介，诚也是就读这所大学的附属幼儿园时认识的朋友，卓介则是读大学的附属高中时认识的朋友。也就是说，卓介比诚也认真且优秀多了。穿着白色POLO衫、比较认真的那个大学生坐下之后说："澄雄，你又逃掉第三堂的经济学通史了呀？这明明是一门只要来上课就能拿优等的轻松课程耶。"

"没关系，没关系。对这家伙来说，成绩这种东西根本没用。因为，他老爸可是Breaker & Suns的日本法人代表。找工作这种事，他只要靠关系，哪里都去得了。"诚也把老式的夏威夷花衬衫打开到第二个纽扣处，炫耀着他那晒得全黑的胸膛。这个男人是个花花公子，澄雄曾几度无可奈何地帮忙安慰被他甩掉的女孩。

确实，澄雄的父亲弘和是外资投资银行的行长，其母公司在全世界的投资规模，听说是全球最大的。在美国买进钻石和铜矿山，在俄罗斯买进天然气与毛皮，在中南美买进出产咖啡豆与香蕉的大型农庄。他们以一泻千里之势把相当于一个小国家全国预算的资金拿来投资，掌控着整个世界，再以猛烈的态势从全球各地吸取利益。

不过，澄雄压根没想过要靠父亲找工作。父亲很想把澄雄送进自己毕业的商学院，但澄雄明确地拒绝了。如果不这么做，他的父亲会擅自办好入学手续，甚至连商务舱机位都安排好。

"唉，找工作让人很心烦耶，尤其是对我这种小老百姓来说。"卓介以一副受不了的样子说，"大学明明只有四年时间，却必须在一半的两年结束后，一进入第三年，就开始找工作。我们家没有关系可动用，只能拿到好成绩再自我推销了。"

诚也双手抱着后脑，抬头看着挑高的天花板说："我也一样，就算父母有关系可动用，也和我想从事的行业不同。我想做传媒相关的工作，但进传媒的门极窄。如果是澄雄，应该连电视台都进得去，不是吗？你老爸的公司名下的电视广告量很可观吧。"确实，集团各公司的广告出稿量如果全部加起来，真的很庞大。不过，这不是澄雄关心的事。

"能不能别讲老爸的事了？很烦耶。找工作的话题也是，现在才大三，而且连暑假都还没到吧。"

"你这是什么话呀！"两人异口同声说道。

卓介说："虽说就业情况略为好转，但求职战线依然严酷啊！我们学校动作比较快的人，在大二结束时就开始行动了。一般来说，到了大三，至少也都订好计划了。到了暑假却还什么都不做的，大概只有澄雄你了吧！"这口气听不出来到底是受不了澄雄，还是在责备他。

诚也打圆场般地说道："好了好了，等着吧！这家伙应该有他的想法，虽然我们可能不太理解。万一有需要，他也有老爸的关系可以靠，反正让人觉得很羡慕呀！找工作这种事，麻烦到让人受不了。你根本不知道公司会把你丢到哪个部门去，却还硬要展现出自己干劲十足的样子，真的很蠢。上班族常常会被问起自己在大学时代有没有做过什么值得骄傲的事，我的话，除了交往过的女生人数外，就没有什么能够自豪的了。"

卓介戳了戳诚也的肩膀。"因为你是野兽嘛！"

天真的朋友们齐声笑了。

诚也横瞅着澄雄说："倒是你，澄雄，女友那边状况如何？"菊原奈央是澄雄交往半年左右的法律系女学生。

"再怎么说，她都是西华大学的准校花呀。她可是个身材好、脸蛋又漂亮的大小姐。为什么你老是什么都弄得到手呀？"

澄雄想了想。如果这样就算是一切都弄到手，那也太可怕了。因为，再怎么填补，却还是一点充实感都没有，也不幸福。

"我和她，似乎已经完了。"

"为什么啊？"两个男学生又异口同声地问道。

卓介扭着身体说："人家明明那么美，太可惜了。"

"她很好，但总觉得好累。"

诚也小声说道："你们应该上过床了吧。"

"嗯。不过，已经够了。"

"太浪费了啦！"说完这句话，诚也的表情变了。他看着自助餐厅的入口处喃喃说道："惨了，澄雄。准校花来了。"

卓介也说："而且她的表情很可怕，好像要参加大学的辩论对抗赛一样。"

背后传来高跟鞋叩叩叩地敲着瓷砖的声音，澄雄无可奈何地转过头去。奈央手插着腰，一直站在那儿。由于她个头高、身材又好，腰的位置高到必须抬头看。

"为什么不回我短信？我打给你，你也不接。"

唯独澄雄那一桌，四周的空气好像绷紧了一样，安静了下来。大家都屏息关注着事情的发展。玻璃窗外，是强风把豆大的雨滴吹得横飞四散的坏天气。澄雄看了看准校花女友的脸，再看了看夏天的暴风雨。暴风雨比生气的女人美多了。

"因为我不爱你了。"澄雄的声音很平静，好像在确认出席和缺席的情况一样。

"什么话啊！你之前不是讲过你有多爱我吗？"

周围的视线与女友的气愤，都只让他觉得麻烦。自己的心好像已经离开这个让人不自在的地狱，不知道飞到哪里去了。

"那是因为，奈央好像希望我说那些话呀！"

卓介与诚也睁大了眼，来回瞪着澄雄与奈央。澄雄突然觉得，一切都好蠢。

"什么喜欢啦、爱情啦，这些事我都不懂。我本来以为像奈央你这种既漂亮、又聪明、个性又好的女生可以教我这些事，但最后我还是完全无法弄懂。"

女学生掉下了强忍已久的眼泪。泪水一旦溃堤，就再也止不住了。她白色的衬衫在胸部的地方渐渐染成了一点一点的灰色。

"你和我只是玩玩的吗？"

"不是玩玩，也不是认真的。我们只是在尝试，但结果不合。就这样而已。"

"什么嘛，不要把人家讲得好像买夹克一样啊！"

准校花修长的手突然拿起桌上的玻璃杯，把里面的东西倒在澄雄身上。澄雄没有闪避，加了冰块的水很冰，冰到皮肤作痛，但这种小事，就算了吧！他保持冷静，微笑着抬头看着已经除名的女友。原本哭泣的奈央，脸色变了，好像在昏暗的道路上碰到什么未知的怪物一样。

"澄雄，你到底是何方神圣？你到底是什么样的人？"

澄雄看着奈央，她的眼睛好像镜子一样。无底的恐惧与谜团，在脸的中心变成了一个个黑色的洞。那是和自己完全相同的眼睛。

"我不知道。"澄雄觉得周围的视线渐渐离开了自己，同学们似乎都已经看不下去了。

澄雄站了起来，向两个朋友说："今天我要回家了，就不去涩谷购物了。"前方是怒目瞪视着他的准校花。走过她身边时，澄雄在她耳边轻声说道："是我不好。希望奈央你能够再找到别人，幸福过日子。"

　　澄雄就这样穿着湿得黏在胸口的T恤，从都心校园里的自助餐厅走入了夏天的暴风雨中。

二

　　暴风雨来得正是时候。由于突然下起雨来，很多人都没带伞。澄雄在风雨交加中，走到了最靠近学校的地铁站。他那件印着"Nirvana"字样的摇滚风格T恤，以及价格不菲的破烂牛仔裤，全都淋得湿漉漉的。运动鞋里头都是积水，一走动就会发出声音，好像走在泥泞的道路上一样。

　　从青山一丁目到六本木只有一站，需要三分钟时间。在铝制的新车厢里，乘客们无视刘海往下滴着水的澄雄。他穿过检票口，经由地下通道往六本木山庄而去。六本木站出口的建筑Metro Hat的巨大玻璃屋顶下的空气，极其潮湿。

　　墙上的海报写着"由于适合的疫苗不足，非洲的孩子们每数十秒就有一人死亡"。为什么人可以因为在地球某个角落死去的他人，而变得热心到这种地步呢？澄雄觉得很不可思议。长大之后，这些孩子不是拿起枪参加内战，就是生下大量没有希望的孩子。为了让这世界变得更好，澄雄暗自决定，自己什么也不做。

　　他穿过巨大的金属蜘蛛脚边，沿着森之塔在石板路上走着。观光客络绎不绝地跟在导游的后面。这种充满虚假的玻璃之塔，到底有哪里好？这里满是昂贵的价格标签，却没有一件足够真实的东西。

澄雄穿过住宅大楼的自动门，湿掉的运动鞋在大理石地板上变得滑滑的。真是难以行走的大厅。这里的电梯无论坐多少次，都觉得哪里怪怪的。身体同时感受到寂静与猛烈的加速度，不太能适应。到达三十七楼走出电梯后，他沿内廊走回自己家。位于西南角的房屋，面积约达两百四十平方米，租金每个月不下三百万元。但这不关澄雄的事，反正这笔钱几乎都是由老爸的公司支付的，甚至和自己家的开支也没关系。

玄关处摆着一双鳄鱼牌的白色高跟鞋。澄雄蹙了蹙眉。那个女人又从哪家女装店血拼回来了吧！光是看到鞋子，就觉得很烦。通往客厅的玻璃推拉门那一头，有人影移动。

"你回来了，澄雄。"那是硬挤出来的开朗声音。开口的是父亲的第二任妻子美纱惠。她才三十岁出头，和澄雄只差一轮左右而已。澄雄默默地朝自己房间走去。

"哎呀，你怎么全身淋成这样？"湿掉的鞋子在走廊的木地板上留下几许痕迹。进到自己房间后，澄雄反手关上门。

眼前有一扇绝对无法打开的窗户，穿过脚下的首都高速公路的曲线，以及远方涩谷的建筑群，在雨中朦胧地像屏幕一样呈现在眼前。门外传来"叩叩"的微弱敲门声。

"澄雄，毛巾。你这样会感冒哟！"

澄雄没有开门，背对着门说："你不是我妈，没有必要这么关心我！"

"可是……"

澄雄顽固地说："我们彼此过自己快乐的生活吧！可以的话，

请你假装没有我的存在，我会很感激你。"

隔着厚厚的门，声音变得含混不清。"可是，我和澄雄在同一个屋檐下生活，我们一直忽视彼此，也不是办法。"她应该是想扮演被毫无血缘关系的儿子喜爱的继母角色吧！年轻的她渐渐焦躁起来。

澄雄冷冷说道："我知道了，你就把毛巾放好，回你那里吧！"

"我挂在门把上。"语毕，美纱惠的脚步声在走廊上渐渐远去。

即使闭上眼睛，也知道她人在哪里。应该快要回到客厅去了吧！这样的话，就是彼此互不侵犯领海的安全距离了。

可是，脚步声停了下来，她说道："晚饭想吃什么？"

为了开门拿毛巾而伸向门把的手，紧急停了下来。反正老爸不到半夜不会回来吧！公司帮忙出房租，为此他必须好好工作，外资公司是很严格的。

澄雄的语气不由得粗暴起来："我随便吃吃就行了，不用管我！"

澄雄穿着湿透的衣服，跳上床。他裹在毛巾被里，看着东京下雨的天空。活着为什么是这么空虚、这么没有意义的事呢？无论恋爱、大学、就业、家人，都很无聊。其中最最无聊的，就是自己。在这张床上，已经不知道有几次一起床就对于活着感到厌烦了。

澄雄就这样进入梦乡。他没有做梦，只是全身流满讨厌的汗而已。一回神，下雨的天空染成了夜晚的深蓝色。空中之所以四处出现像在渗血一样的红色，是因为高度较低的云朵反射出地面上的灯光吧！由于什么都没吃，他觉得肚子好饿，饿到连自己都能清楚知道空空如也的胃是什么形状了。等吃饱回来再冲澡好了，他边想边换掉湿透的衣服，离开房间。在客厅的门前，对方又对自己讲话了。真烦。

"晚饭做好了，不吃吗？"

无论喜怒哀乐，他都不想让这个女人看见。他努力以平淡口吻说道："不吃。我去下面吃点什么再回来。"

住在六本木山庄，只有这种时候才能体会到方便。一出电梯，要多少餐厅有多少餐厅。从住宅大楼越过榉树坂大道后，澄雄闲晃着往庭园而去。雨变小了，如粉末一般的雨滴随风飞舞，把榉树坂大道上的灯光弄得雾蒙蒙的。

澄雄在可以俯视毛利庭园的民族餐厅坐了下来。印度人服务生拿来了菜单。每当觉得要决定吃什么很麻烦时，澄雄大都会到这家店来。即使没食欲，吃咖喱总是能够果腹。

虽然下雨，毕竟还是七月。摆在户外的桌子，几乎坐满了年轻人。会不会是公司的欢迎会之类的呢？有一群人好吵。澄雄并没有只因为年轻，就和同龄人有什么共鸣。他一个人吃着有香料味道的咖喱，一面看着庭园里的草木。连好吃还是难吃，他都不知道。或许自己的舌头也和心一样麻痹了。喝着餐后的印度冰茶，澄雄一面摆弄着放在桌上的白色手机。这是最新款式，内置了用之不尽的功能。可澄雄甚至很少拿它来拍照。阳台上，湿湿的风吹了进来，自己好像身处于某个南国的度假胜地一样。不过，要是四周的日文可以消失，就更好了。

为打发无聊，他打开手机。少归少，他的通讯簿里还是输入了逾百人的联系方式。不过，里头没有任何一个他想要交谈的人，也不想发短信。虽然身处人群之中，澄雄觉得，自己是一个人。自己就像流放到了奢华的都市中心一个充满谎言的度假胜地。

澄雄胡乱连上了网络。手机网站的首页塞满了多得吓人的最新信息：来电铃声、新闻、气象、股价、旅游、美食、地图、购物、算命，最后还有灾害留言板。就算有这么多的信息，还是绝对找不到生存下去所需要的信息。和自己无关的信息，数量多到让人觉得恐怖。

他想找个不认识自己的对象聊聊。扮演另一个人，假装自己开心地过着舒适的生活。假扮幸福，至少可以表面上让心情开朗。澄雄连到搜索网站去，输入了"交友"、"短信"、"聊天"这几个关键词。

一眨眼的时间，小小的屏幕上，就出现一排充满欲望的文字——一定找得到最棒的邂逅、爱·抓到你了、从短信开始、成人甜心、深层欲望……

由于没有一个网站值得期待，澄雄只得随便移动着光标，在停下来的地方点了下去。是一个爱情聊天室"最后的爱"，首页画面蓝色与红色各半——MEN or WOMEN。澄雄选了蓝色的画面。

接下来的画面也是选择式的。想找的对象选项有朋友、恋人、性伴侣、其他。想邀约的内容有约会、用餐、开车兜风、看电影、其他。希望的年龄是十五到十九岁、二十到二十四岁、二十五到二十九岁、其他。对女性的要求分为温柔、可爱、好身材、技巧、其他。喜欢的类型有乖巧的学生、清秀的白领、内敛的人妻、严格的女教师、其他。喜欢的部位分为脸、胸、臀、脚、其他。

似乎有无数个发问的画面。澄雄对所有问题，全都勾选了"其他"。男人的期望与交友网站设计者的心思，都很愚蠢。不过，人生这种东西不过是用来在死之前打发时间的。不假思索回答完所有问题后，来到最后的画面。上头只写着一句话：最后请自由发表您的意见。然后，我们会为您介绍最速配的对象。

澄雄抬起视线，看着夜晚的街道。远方，红红的东京铁塔浮现在夜空中。什么意见不意见的，一个也没有。自己本来就不求会有什么邂逅。想到什么就写什么。澄雄的拇指细细长长的，轻巧地迅速移动着。

"我既讨厌什么女人，也讨厌这世界。我没有什么想要的东西，也很后悔今晚这个时间活在这个地方。如果要和谁邂逅，我希望是在世界终结时，能陪在我身旁的人。"没有重新再读一次就发送出去，无关紧要的游戏至此结束了。他觉得这种时间和谁聊天都麻烦，也无心发短信。下一瞬间，小小的液晶画面上，燃烧成一片红色——与您完全速配的女性有0001名——唯独数字的部分不断一闪一闪的。澄雄刚讶异地凝视着屏幕，手机就无声地振动起来，通知有短信传来。澄雄手中薄薄的通信工具差点掉到地上。拇指按了几下，短信的收件箱便开启了。

（non title）
你这么想让世界终结吗？
那样的话，我可以陪你，没关系。
这里是地狱的底层。
是无处可逃、已到极限的最边缘。
只是因为有人生下我，所以我活着。
什么时候结束，都没关系。
有兴趣的话，发短信给我。
树里亚

澄雄凝视着冷冷发光的屏幕。难道这是一种新型的交友服务吗？或者是一种陷阱，专门用来诱骗对女人饥渴的男人？隔壁桌有对情侣，女生发出有如夜晚丛林里鸟叫般的声音。就算这只是纯粹的商业行为，他还是觉得哪里怪怪的，但又不觉得这像是骗子编的内容。澄雄空虚的心里，对此产生了一股出自于共鸣的灰暗回响。反正不过是通话费增加一点而已，澄雄边想边把背靠在藤椅上，任拇指在手机键盘上游走，他要把这第一条的短信发给树里亚。

第二章

一

　　湿湿的风吹动着毛利庭园的草木。在六本木山庄背面的人工绿地上，有小小的水池与散步小道。夜晚的长椅上，年轻情侣犹如焊接起来般相互依偎在一起。澄雄的拇指在手机键盘上轻快地游走。女生都说他的手很漂亮，但他不知这种毫无生气、如白粉笔般的手指，到底好在哪里。

　　为何
　　你会觉得能够与素不相识的我，一起终结世界呢？
　　莫非，这只是一种新型行业？
　　贩卖绝望、靠别人回信大赚特赚。
　　虽然我并不相信你，
　　但我正在打发到死之前的无聊时间。
　　我陪你吧。
　　澄雄

　　澄雄觉得很蠢。他曾经从花花公子诚也那里听说，这一类的交友网站，办公室里有多达几十台二十四小时开着的计算机，每台计算机都设定好了角色信息。在那里打工的男生轮班扮演角色，再依照客人回信的数量领取佣金。这是一种混合了最新科技与愚蠢的欲望、了不起到让人想吐的买卖。

然而，钱又算什么。厂商不过是从老爸的账户中收走这部手机的通话费而已。每个月付了多少钱，澄雄并不知道。那些钱本是在坐落于六本木山庄高层的日本法人外资投资银行投资某家企业赚来的钱。在计算机中变得越来越多的钱，从这家银行转到另一家银行，最后落入某个交友网站老板的手中。一切不过是数字在计算机中迅速滚动而已。

东方，红色的塔刺穿了夜空。距离灯光熄灭，还有一段时间。他不想回到高高在上的家里去，因为继母在那里等他，摆出一副亲切的模样。就这样在民族餐厅里打发时间也可以，或是在后面的常春藤书屋看看画报、杂志也不错。

那边可是整晚营业的。自己只是不慌不忙地等着今天和昨天一样渐渐逝去而已。为何年轻的心中充满了憎恨与空虚呢？澄雄觉得，要是能够时光旅行就好了。这样的话，就能一口气跳过半世纪的时间，到未来去吧！年老的自己应该是一个人，老爸和继母都已经死了吧！愚蠢的人生全都已成过往云烟。想到这里，澄雄为自己的想法笑了。所谓"余生"，恐怕五十年后与现在没什么两样吧。从九年前的夏天开始，澄雄的人生就全成了多余的东西。手中的手机发出了振动声。澄雄很讨厌暴力般的来电铃声以及吵闹的电子音乐，总是设定为振动模式。

Re：

这虽然是生意，

却不是生意。

一旦在交友网站假扮角色骗人，

就会变得极其空虚。

因为，大部分男生都只是在找寻

对性爱兴趣十足的童颜巨乳这种幻象而已。

我只是偶尔也想发发正经的短信。

不过，你不用勉强回信，没关系哟。

再说我们也绝对不会碰面嘛。

澄雄的疑虑还是没有消散。交友网站的营销技术，或许已进步到远超过想象的地步，连叫人"别回信"这种话的效果，都已经计算在内了——法则一，拒收回信可提高回信率。不过，澄雄又不是想要寻找邂逅，就算对方是男人也不打紧。在兴趣的驱使下，他继续着拇指的对话。

MAN or WOMAN?

你不用担心钱的事。

能赚就多赚一点吧！

树里亚是男生也没关系，

希望你暂时陪我发一会儿短信，闲聊一下。

我可是无聊到死了。

活着真是种诅咒。

目光从小小的液晶画面上抬起。都心的夜空中，云一面改变着形状一面移动，好像浮在夏空中的巨大灰色冰块。如果可以什么都不想、什么都感觉不到地飘浮在黑暗中，会是何等快活之事呢？澄雄喝了一口变淡的印度冰茶。桌面被扩散开来的一圈水渍弄得很不干净。十分钟后，就在澄雄等得不耐烦、正准备离开店里时，树里亚的短信来了。保持开启状态的手机，背对着夜晚的街道亮了起来。

> WOMAN！
> 虽然你说男女都没区别，
> 但我可没有在网络上男扮女装。
> 树里亚也是我的本名。
> 澄雄现在人在哪里，在做什么呢？
> 为什么你这么绝望呢？
> 不过，身处这样的世界，
> 确实不难理解为什么。

　　原因相当清楚。然而，这原因澄雄连对大学的朋友都没讲过。无论中学或高中，他都没向任何好朋友讲过。短信真是不可思议的东西，竟然会随随便便把连对认识十年的朋友都没讲过的事，讲给刚认识的对象。看似最遥远的人，会变得最靠近。唯有对陌生人，才能侃侃而谈沉在心底最深处的秘密。澄雄不时会这么觉得：现代人，不就是在三种姿态的重叠下活着的吗？肉体的存在、社会的存在，以及网络上虚拟的存在。其中，对自己来说最亲密、最靠近的，甚至不是肉体的存在，而是网络上的虚幻人格。

　　我现在……
　　人在六本木山庄的民族餐厅，
　　坐在可以俯瞰背面庭园的阳台座位。
　　吃完咖喱后，我喝了两杯印度冰茶。

　对方马上就回信了，一连串的问号让澄雄吓了一跳。

　　？？？？？
　　真的吗？
　　会到交友网站来的男生，都有固定的类型呢！
　　最近，据说有在青山经营设计工作室的社长，
　　还有住在六本木山庄的外资公司高层主管。
　　你该不会是在那边的第几十楼工作吧……

　　她说的"外资公司"，或许是老爸服务的Breaker & Suns
吧。澄雄看完短信，发出短短的笑声。刚才，他只是怕突然讲太
严肃的话题会让树里亚招架不住，才把眼前的事实写进短信而
已。自己居然会和交友网站的人气角色身份相同，只是一种讽刺
的偶然。
　　隔壁桌的情侣，往这边瞥了一眼。男人似乎是二十五到二十九
岁间的上班族。松开了那条没品位领带的男子马上把眼神移开，但
女人那微醉的眼神暂时停留在自己身上。

澄雄纤细的身材很像妈妈，小时候别人常误以为他是女孩子。他已经习惯被异性以带有欲望的视线注视了。带着浅浅的微笑回看对方后，女人比对着自己的男伴与澄雄。男人说了一句什么后，女人发出尖锐的声音笑了出来，视线仍停留在自己这里，似乎很在意澄雄。澄雄向她眨眨眼，冷淡地笑了笑。这是他捉弄那对情侣的无聊游戏。

深呼吸后，澄雄把精神集中在手机画面上。每年他发出逾千条短信，但认真发的短信只有区区几条而已。现在，澄雄正心血来潮地打算认真发一条短信。

我呀……
我不是社长，也不是高层主管。
我还没工作。
我刚满二十岁，是附近大学的大三学生。
等下我要发给你的，
是连亲近的朋友都没讲过的事。
气氛会变阴郁，没关系吗？

每一条短信不过是浮在液晶画面上的同样字体。全是带有独特圆弧的哥特字体。看了接着发回来的短信，澄雄觉得很不可思议。因为，看起来应该相同的文字，却给他一种情绪高涨的感觉。

我也是……
二十岁！！！！！！！！！

不过我已经在工作啦。

一早开始工作到这么晚。

我也好想上大学哦。

但依我家的经济状况是没有希望的。

我想多听听澄雄的事情哟。

再怎么阴郁的话题，我都可以接受。

二

　　澄雄叫住了服务生。一方面他渴了，另一方面他也没有自信，能
够不喝酒度过接下来这段时间。他叫了两杯装在玻璃杯里的香槟。他
一口气喝干服务生送来的其中一个郁金香酒杯里的酒，还给服务生。
　　他看着留在桌面上的那杯起泡的透明的酒，动起拇指。

　　　在我十一岁时……
　　　一个天气晴朗的炎热夏日。
　　　我和朋友去玩，回家时，大约是傍晚五点。
　　　那燃烧般的夕阳与因为汗水而黏在皮肤上的T恤，
　　　到现在我还记得。
　　　我说"我回来了"，然后打开门上的锁。
　　　那时我们住的是独栋房子，玄关大厅是挑高的。
　　　我的眼前出现一个垂悬在那里的东西。
　　　六年级的我一开始并不知道那是什么。

　　澄雄写到这儿，先发出短信。狭窄肋骨间的心脏，乱跳得好像

要飞到外面来了。把它写出来，就等于是把过去再重新活一次，痛苦到让他受不了。他喝掉另一杯香槟的一半时，短信来了。

我啊……
现在、这一瞬间，
是用全身的力量在听澄雄讲的话哟。
全都告诉我吧。

澄雄的眼里泛着泪。事后回想起来，这一瞬间，两颗二十岁的心，或许已经联系在一起了。在世界的某个角落，在犹如小碎片般的拇指发送的信息里，有个比所有人都认真倾听你的心声的人。每天，一定都有好几亿条的短信，为了确认这件事而在空中飞翔。

谢谢你
从二楼的手扶梯处，一条尼龙绳笔直地往下垂悬着。
绳子的尾端，吊着我的妈妈，
穿着她最喜欢的向日葵花纹的夏日洋装。
好像娃娃一样。
原本很细的脖子，拉长为两倍。
由于往下吊的冲击，颈椎错位了。
明明是盛夏，房间却紧闭着。
妈妈脚边的地板上，被排泄物染成一圈圆形污渍。
气味很臭，臭到好像鼻子被揍烂了一样。

我大叫了一些话，

但不记得自己叫了什么了。

从那一刻开始，一直到救护车与警察前来为止的记忆，

全都不见了。

那是九年前夏天的事。

澄雄以颤抖的指尖按下发送键。拇指的指甲尖端冷得变白。他察觉到夏天的夜风突然变冷，抱住了自己的身体。那个夏日，妈妈裕子明知道儿子会是最早发现她的人，为何却还要在玄关上吊呢？她有没有想过，对于小学生来说，那是何等残酷的冲击呢？

澄雄一直紧抱住身体，等着夜色变浓。他决定什么也不想，什么也不去感受。就像夜晚的云朵一样，飘浮在这耀眼的东京街头。远离自己，融入黑暗中。澄雄像受了伤的野兽一样，整个身体缩得小小的。不这样的话，他好像快要大吼大叫地跑起来，或是拿桌上的刀子刺杀某个人或刺杀自己了。

开着的手机大幅振动起来。这台小小的机器，不会是有生命的吧！澄雄好像看到什么可怕的生物一样，凝视着这台自己振动、自己显示短信、自己录制影片、自己演奏音乐的手机。

可怜的

小男孩……

澄雄明明没有错。

为何会死，

不知道原因吗？

这件事，自己想了千百万次。澄雄的拇指以光速移动着。

谜谜谜……
我妈妈似乎有忧郁症。
好像在吃抗忧郁药。
我爸只知道工作，几乎都不在家。
他外面似乎还有几个女人。
可是，最后，还是没人知道，
我妈为何自杀。
如果有一天可以见到妈妈，
我想我一定会先问她为什么要死吧！
死亡是一道墙。

那是道绝对的墙，你再怎么质问，再怎么想要翻越，都无法如愿以偿。澄雄十一岁时，就被迫察觉到这件事。六年级的男孩如此自责：如果自己更加用功，如果自己乖乖帮忙做家事，如果自己的房间总是整理得好好的，如果那个夏日没有出去玩，或是如果事先问妈妈一声"是不是有什么痛苦的事"……妈妈或许就不会死了。他觉得，所有的行为，都带有改变决定性结果的可能存在。

从小学到中学，澄雄在任何方面都是模范学生。他不想因为自己的行为，再失去身边的某一个人。他成绩顶尖，很讲究外表，生活上完全没有混乱之处。在教室里，他帮助每个同学。无论在求学、交友或恋爱上，他都自然而然受到周遭人士的信赖。每年他都能当上班级委员。然而，优等生的心，却为恐惧所支配。他怕在平安无事的寻常一天中，今天或是明天，或许又会失去谁。澄雄的心，没有休息之时。

三

　　澄雄愣住了。好几年没有想起妈妈死去的场面了。而且，自己讲述秘密的对象，不过是个在交友网站假扮角色骗人的人。虽然她自称是和自己同年龄的女性，搞不好是个下班后又跑去打工的男子，而且是个一面嗤笑一面只顺着对方的话去说的中年男子。光是这样想象，他就觉得好烦。

　　还没有任何一件事是确定的。就此停止发短信，会比较好吗？还是说，这段关系，会有未来呢？由于太急速靠近树里亚，澄雄脑中的警报响了起来。到他发出下一封短信前，花了将近二十分钟的时间。

　　非常、非常……
　　澄雄非常坚强呢！
　　如果是我，
　　一定会灰心丧气吧！
　　虽然我现在已经灰心丧气了一半了。

　　有点……

讲得太多了……

或许吧。

今晚我累了。

我会再发短信。

要你听我讲无聊的话题，真抱歉。

那，改天见。

　　澄雄发出了内容含混不清的短信，合上手机盖。他拿了账单，站了起来。快要十一点了，他心想到书店看会儿杂志，过了午夜再回家吧！他在柜台抽出钱包。印度人微笑着问候他，澄雄也还以笑容。自己应该不会再发短信到那个网站去了吧。他收起零钱，朝通往广场的上行手扶电梯走去。奇怪的夜晚。澄雄在缓缓上升的金属阶梯上想着。出于寂寞突然找人讲话，又对不认识的人讲了妈妈的事。他渐渐觉得，突然变得懦弱真的很难为情。

　　到了，他抬头看着头上耸立的建筑。就算这么晚了，还有一半以上的窗户对着夜空泄出灯光。老爸也还在其中一个窗户里工作着吧！就在澄雄轻轻摇摇头、准备跨步前行时，牛仔裤的口袋里，手机振动了起来。他打开手机，阅读短信。

晚安。

最后寄给你我的照片。

不过，这算是一张奇迹般的照片吧！

对于真人，可不要太期待呀！

那，再聊咯。

澄雄在森之塔脚边一边阅读短信，一边马上下载了附件。接下来的瞬间，在液晶画面上浮现的，是个眼珠子往上看着自己的女孩照片。远远的背后看得见一个朱红色的门，是横滨的中华街吗？

　　她有一双丹凤眼，宽额头，留着最近很少见到的黑色直发。她的嘴边露出讽刺般的笑。这是一张与其说让人觉得可爱，不如说让人觉得意志坚定的脸。"树里亚……"澄雄不由得对着液晶屏幕嘟囔起来。她很像某人，但是想不起到底像谁。不是某个偶像或女演员。不是常见的那种美。察觉到她很像自杀的母亲年轻时候的照片时，澄雄在夜晚的广场上僵住了。

第三章

一

隔天早上，澄雄在痛苦的梦中醒来。

傍晚，走在昏暗的小巷里。从细细的手臂和短裤来看，自己似乎还是小学生。几步前方，一个穿着向日葵花样夏日洋装的女性，晃动着背影。梦境中的直觉不会有错，那是妈妈。澄雄为抓住妈妈而拼命往前跑。只要在这里抓住她那柔嫩的手，不再放开，或许就能阻止母亲自杀。可是，那个如滑动般前进的背影，却有着快到异常的速度，逐渐将全力奔跑的小男孩愈抛愈远。澄雄奔跑着，踏着梦中的道路全力奔驰。夏日洋装上的向日葵，鼓着风远去了。澄雄的脚一绊，双手撑到了留有白天热气的柏油路上。他的手小小的，指甲如樱贝一般。指甲抓着路面，指尖渗出血来。

"妈妈……"

他声嘶力竭地叫着。妈妈停住脚步，转头看向他。那张脸不是妈妈的，而是嵌在手机液晶画面中的脸。她穿着死去的妈妈的洋装笑着，背后不知为何看得到横滨的中华街。他突然不知道，和自己讲话的到底是活人还是死人。树里亚好像张嘴说了什么。再怎么竖耳倾听，都听不到她说的话。梦中，小澄雄仍以为树里亚是妈妈。

"妈妈……"自己的喉头发出毫无意义的声音。一面喊着只互发过几条短信的人为妈妈，一面倒在路边哭泣。真是可怕的梦，真想逃离那种场面。但愈是令人讨厌的梦，就愈和现实世界相像，总是看不到尽头。

澄雄在梦中痛苦地滚来滚去。

"你没事吧，澄雄？喂，澄雄？"

有人在摇自己的肩，澄雄醒了。无血缘关系的年轻妈妈一脸担心地前来察看。一天一开始就看到这张脸，再糟不过。美纱惠那张完美的化上妆的脸，背对着房间那挑高的天花板，浮现在眼前。

"我没事，只是做了梦而已，你给我出去。"澄雄挥开父亲的女人的手，在床上抬起上半身。"快点！"对着迟疑的担心着自己状况的美纱惠，澄雄的语气粗暴起来。他觉得下次要去东急百货店买个锁头从里面锁上。无论自己做什么噩梦，也不要让那个女人进这个房间。

澄雄看向书桌。每天早上起来后，他最先做的事，和许多同龄的人一样，就是先去确认摆在书桌角落充电器上的手机，看看有没有新的短信。小小的液晶屏幕，以心跳的频率闪着蓝色的光。

"我真的没事了，你快点走吧！"他不想在美纱惠面前读短信。因为有可能是昨天晚上彼此互传了那么多条短信的树里亚发来的。一想到这里，不知为何就心跳加速。澄雄紧盯着无血缘关系的母亲。在他视线的压力下，年轻女人离开了房间。澄雄马上伸出手去，打开手机。

（non title）

最后再碰一次面就好，

我有东西要交给你。

晚上六点，

我在青山墓地的中央交叉路口等你。

奈央

　　不是树里亚，而是日前刚在大学自助餐厅里分手的菊原奈央。对澄雄来说，并没有什么非和她见面不可的要紧事，但既然她说是最后一次，也只能去了吧！尽可能和她干脆地结束关系，以缩短她受伤的时间，或许是一种太过冷酷的做法。澄雄对此也带有些许内疚。

　　他看向贴在书桌表面的大学课程表，今天的课从第二堂的会计学开始。什么金钱的计算方式，他不打算学会。只要上课时露个脸，也就行了。由于自己因为做噩梦而流了汗，澄雄走向浴室。

二

　　左右两侧的树木当中，隐约看得到无数的墓碑。蝉儿们努力度
过炎热的天气后，叫声似乎变得更壮观了。母亲死去的夏天，蝉儿
也一样这么吵。澄雄一面感到烦躁，一面走过烤焦般的墓地，渐渐
可以看到在单向通行的道路前端，有个大大的交叉路口。那里就是
青山墓地的中央交叉路口。

　　为何已经分手的女朋友，会找自己到这种地方来呢？澄雄一面
觉得不可思议，一面一步步走近。只有几个赶着回家的高中生与女
白领，没看到准校花。澄雄坐在白色栏杆上，等着她。

　　在相约时间超过六分钟时。

　　"澄雄，等很久了吗？"背后传来声音。由于声音尖锐到好像
要把人割伤似的，澄雄连忙回头。菊原奈央穿着似乎要去应聘工作
一般的黑色长裤套装。

　　"你说有东西要给我，是什么？"

　　奈央睁大眼睛，直直凝视着他。这个女人有一双随时都在为什
么事吃惊的眼睛。她误以为只要眼睛大，就会有力量。这也是澄雄

觉得不太对劲的地方。

"对分手的女友还真冷淡哪！连招呼也不打，马上就要谈正事吗？"

澄雄盯着奈央看，他的视线中看不出一丝情感。"是奈央你把我叫出来的吧？我不是要找你吵架，但问你有什么事也没有错吧？"

准校花的眼睛露出灰暗的光辉。她上下打量着澄雄的全身，微微一笑。"知道了。那，你到这边来，我好好和你讲。"

奈央离开人行道，进入暮色在墓碑之间开始变深的墓园里。澄雄追在她身后。到底是什么事，一定得挑这种让人毛骨悚然的地方才能讲？他突然想起，大一那年暑假，曾经在这里办过试胆大会。青山墓地这种地方，只要走到离大路几十米远的地方，就几乎没有人影了。道路两旁的樱花树树荫很密，光线一下子变暗了。奈央一站定，就转过头来，在胸前盘起手。

"这可是我有生以来第一次被人以那种方式甩掉。自那天以来，我每天晚上只能睡两小时左右。澄雄把别人的感受当成什么了？"

又要重演在自助餐厅那无聊的一幕吗？真是愚蠢的分手场景。澄雄才刚感到受不了，就有三个男的从树皮干皱的染井吉野樱树后方跑了出来，三人用印花大手帕围住了脸孔的下半部。一定是哪个大学体育系的吧？看上去是几个脖子与头差不多粗、貌似健壮却没什么智慧的男子。

"再说什么都没用了嘛！奈央找这几个人来打我，就能够满足吗？"澄雄的视线一直没有从奈央的眼睛离开。

准校花微微一笑道："没有办法满足呢！但如果我当场听到澄雄发出惨叫，我想心情应该会稍微变好吧！因为你总是那么酷，不让任何人看到自己的痛。"

真是意外。自己确实不打算让别人看出来自己的痛。

"这三个男的，是奈央花钱或用自己的身体找来痛殴我的吧！"

傍晚的风穿过树下。奈央头发凌乱地说："没错。澄雄的脑袋明明很好，怎么会跑到这种地方来呢？"

澄雄没有把"因为，无论奈央或自己怎样，都已经无所谓了"说出口。

"你不怕我去报警吗？"

"不怕。因为你绝对不会破坏自己已经决定好的事，你是个老是装酷的讨人厌的家伙。算了，就说到这儿吧！"

自己因为怕吓成一摊，才会拼命保持镇定。这个女人连这种事都不懂，真是个肤浅的人，光是和她交往，就是在浪费时间。澄雄不觉笑了出来。

奈央似乎压抑不住焦躁了，以犹如利刃般的声音叫道："来吧，痛殴这家伙吧！狠狠让他受伤。"

澄雄到这时候，总算察觉到奈央的眼睛因为泪水而变红了。

澄雄以全无预备动作的右勾拳，击倒了最先靠过来的男子。小时候，家里就要他定期上网球俱乐部，他的正手拍力道很强。光靠身体的移动与腰部的扭转打出的勾拳，就让体重有澄雄一点五倍的男子跪了下来。

不过，抵抗也仅止于此了。等到另一个男人双手从背后架住他，让他身体动弹不得后，他就只能任由这些男人为所欲为了。一开始的几下攻击，澄雄都还站着承受，但不久就倒在碎石子路上了。他以双手护住腹部与头部，尽力不发出惨叫。男子们的动作很粗暴，一定早已习惯于此了。他们不会瞄准一些从外表就能看出受了伤的部位。他们不打脸，只打躯干。加诸于肩膀、手臂、脚等肌肉纤维较粗处的打击，毫不留情。应该是因为他们知道打这些地方死不了吧！

与其说是痛，不如说身体的许多部位都迸出燥热的感觉。澄雄一面护着自己的身体，一面觉得这太蠢了。打人的男子们很蠢，为了复仇而失去理性的奈央很蠢，被打得这么惨却依然对奈央有点同情的自己也很蠢。他微微眯着眼看着青山墓地的地面。呈现鲜明浅绿色的夏天小草，犹如穿过碎石子冒出来般地生长着。

虽然觉得时间长到像永远，但暴风雨只持续了十分钟不到，奈央和男子们便一起走掉了。澄雄总觉得女人好像吐了口水在自己身上，但他并无特别的感受。

他就这样倒在地上抬头看着天空。澄澈的傍晚天空穿过樱树树枝的缝隙，犹如红色网眼般透了出来。这样子，就能和那个女人分得一干二净了。接下来就算在校园里再碰到，应该也不会感到莫名的内疚了吧！一想到这里，他不禁露出笑容。

澄雄把手伸向牛仔裤的前口袋。手机应该不会因为被谁踢到而坏了吧！他打开手机盖，确认液晶屏幕还亮着。这时，小小的机器如生物般振动了起来，似乎是有短信来了。

总算结束了！

呼……白天的工作总算结束了。

现在回家去，

又要为以蠢男人为对象的交友网站打工了。

澄雄如果有兴趣，就发短信给我。

今晚我仍靠扮演对性爱兴趣十足的巨乳萝莉，

大赚一笔。

澄雄不要因为妈妈的事太苛责自己哟。

等下再发给你。

以昏暗的夕阳天空为背景的液晶画面，像全新的一样鲜艳。树里亚的短信中，没有写到什么特别的东西，只是向他报告当时的心情与状况而已。但仍旧躺在墓地里的澄雄，觉得自己的眼里泛出一滴滴的泪水。

刚才再怎么被揍被踢都满不在乎，现在却因为树里亚一句暖心的话就流下泪来。泪水从眼角冰冰地流向耳朵。澄雄虽然很想马上回信，但由于心中思绪万千，连自己最自豪的拇指都无法动弹。

澄雄就在没人前来的都心墓地里，胸口抱着手机倒在那里。一条平凡的短信，出其不意为他带来了幸福。那是个还没直接碰过面的对象。而且，是一个昨晚才在交友网站认识，只互发了几条短信而已的对象。

澄雄很想一如往常嘲笑自己，却不得其法。他又哭又笑，如祈求般在胸前双手抱着手机，往上看着就要入夜的东京天空。

三

　　澄雄与父亲弘和，有每个月两人共同用餐一次的习惯。这是两人从在家里的对话减少的高中起开始的例会。仔细想想，再婚的父亲或许很担心澄雄与无血缘关系的继母之间的相处吧！澄雄与忙碌万分的父亲，一般会到公司招待客人用的高级法国或意大利餐厅、日本料理店用餐。这时澄雄通常都系着领带，身着马甲。

　　那天父亲只有九十分钟的时间，于是两人决定到附近用餐。他们来到一家总店位于银座的寿司名店的六本木山庄分店。这是一家雅致的小店，只有一块长条形的白木柜台，以及两张桌子而已。一看到令人心情平静的和风装潢与白色门帘，就不太觉得这里是高楼大厦的内部。澄雄很庆幸这里有可以不必面对面对坐的柜台座位。在青山墓地发生的事已经过了两天，身体却仍有多处还热热的。洗澡时一看，到处都留有微透着黄色或绿色的淤青。

　　父亲穿着夏天的羊毛西装，明亮的灰色条纹配白色衬衫，领带是有光泽的素紫色。如果这样直接上时尚杂志封面，也不会奇怪。其实，父亲曾经上过经济刊物《时尚经营者》的内页。不过，父亲现在也超过五十岁了，太阳穴处有显眼的白发，脸上也失去了弹性。澄雄曾经从父亲的朋友那里听过，父亲年轻时很有才干，像剃刀一样锋利。

"大学那边，如何？"弘和喝了一口装在玻璃杯里的啤酒。每个月，父子间的晚餐，都是从这句话开始的。

"呃，没什么。"澄雄的回答也一样无力。大学的成绩单他已拿给父亲看了。澄雄完全没有干劲，只修了升级与毕业所需要的最少学分，也只拿了所需要的最低成绩。对于这一点，父亲几乎没有说过什么。

"你周遭的人，差不多在找工作了吧……最近都称为'就活'，对吧？你应该也忙了吧？"

现在是大三的暑假。朋友们几乎都穿着西装，为招聘会四处奔走。

"是呀！大家好像都很辛苦。"

父亲横扫了澄雄一眼。澄雄面对着干净的柜台，正在夹白肉生鱼片。他没有看向父亲那边。

"你有没有什么想做的工作？"这也是每次都问的问题。澄雄默默喝着啤酒。

"坦白说，你的成绩是最差的。但我记得你小时候的智力测验与作文，二者都很出类拔萃。这不是为人父的偏见，只要你有那个心，就会非常优秀，毕竟你是我的孩子嘛！"

不光是身为成功人士的你的孩子，也是自杀的母亲的儿子。澄雄如此讽刺地想着，单边的脸颊笑了。

"如果你有什么想从事的工作，我也可以运用我的影响力。如果大学毕业后你不想马上工作，也可以到国外读研究生。你出生在很好的环境中，如果不好好运用其优势，太可惜了。"

他说得对，但问题在于别的地方。明明什么都到手了，却没有一件是他想要的。就好像一个人生长在沙漠，却还要被迫想要沙子一样。

　　"我希望靠自己的力量生存。我真正想做的工作，要等走入社会后再以自己的能力去找找看。"

　　弘和缓缓摇了摇头。吃了一个还活着的鸟蛤后，他沉默了一阵子。

　　"任何东西都有最当令的时候。刚出大学的新毕业生，就是最当令的，处于他们价值的顶峰时期。离毕业时间愈久，你的价值就愈少。你应该很清楚这一点吧！"

　　澄雄知道父亲过去的经历。父亲以顶尖成绩大学毕业后，在泡沫经济前进入证券公司。快要三十岁时，被公司挑选为储备干部到海外留学，在美国名校取得工商管理学硕士学位后，回到证券公司工作了几年，后被出三倍薪水的外资投资银行挖走。现在他是Breaker & Suns的日本法人行长。

　　"我知道啊。你想讲的就是，四处打几年工后还能进入的那种企业，根本不会有什么海外留学项目，对吧？可是，我对企业经营没兴趣。"

　　这么看来，商业世界的一切，澄雄都没兴趣。只要能一个人静静地在世上隐居，工作的内容是什么，都没有关系。打从站上人生入口的那一瞬间起，他就已经舍弃掉世界了。澄雄就是这样的人。

　　"你也只有现在还能说这种逞强的话了。我来预言吧！习于奢华的你，绝对无法过什么年收入三百万元的生活。你是我的孩子，我也不能让你过那样的生活呀。"

　　澄雄很想说"我也是江崎澄雄这个人，并不只是江崎弘和你的独子而已"。但父亲是他唯一的血亲，因此澄雄和父亲说话时，或多或少会比和其他人说话要柔和些。

"我还不懂什么叫工作。可是，像周遭的人那样，强迫自己找工作，就会比较好吗？我觉得，这样不仅会对公司带来困扰，也可能会让自己感到后悔。"

父亲静静地喝着啤酒。他"呼"的一声叹了口短短的气。"这一点，和你死去的妈妈很像呢！你太过正经了。为什么不先到条件还算不错的地方去呢？在那里还是有时间可以慢慢思考。给公司带来困扰又有什么不好的？我们和公司原本就是在相互利用啊。所谓的公司，就是以这样的形态彼此支持着，这就是商业。从算计与妥协之中，有时候也会诞生出很棒的工作哦！"

父亲所说的话，每一点都很有道理。然而，为什么自己的心里却没有什么共鸣呢？澄雄知道父亲很爱自己，但对于父亲所指点的方向，无论如何他都不想去走。

"爸，您以前没有烦恼过的时期吗？就是觉得只有自己一个人站在世界的外侧那种感觉，哪儿也去不了，仿佛两腿发软。我一直都有那种感觉。我觉得自己完全无法适应啊……现在的时代、现在的社会、现在的年龄、大学生活、就业，以及商业的一切……"

澄雄没有把最后一句话讲出来。他最不能适应的，是自己。澄雄对于生为江崎澄雄这件事，觉得辛苦得受不了。

父亲瞥了一眼手表，对柜台的那头说："差不多可以帮我们捏了。"

"是。"熟练的师傅捏出了如工艺品般的寿司。上头放了两片鲹鱼肉的寿司弯曲着，就像一双银色的翅膀正要起飞一样。

弘和说了声好吃，喝了口日本茶后，简短说道："时间就要到啰。"澄雄也夹起一块鳓鱼寿司。两个人在这家店请师傅随便捏几个寿司，五万元是跑不掉的。确实很好吃。

弘和抬眼看着柜台那头说："无论什么样的痛苦，只要时间过去，就会渐渐舒缓。你妈死的时候，我也感觉好像世界末日一样。但时间会帮我们冲淡痛苦。虽然你感叹没有一件事能够适应，但不要着急，只要如常花时间下去，就行了。不必勉强自己变成另外一个人。只要时间过去，就会变轻松，也可以在这个世界上找到属于自己的空间。"

大家都说，时间是治愈一切痛苦的最佳良药，但真的是这样吗？如果是这样，为何母亲不选择往未来延伸的时间，而选择结束生命呢？母亲的痛苦，父亲与自己都没有责任吗？澄雄把这无法说出口的想法藏在心中，默默地吃光形状好看的手握寿司。

然后他和父亲在66 Plaza道别。

"你告诉美纱惠，今晚我会一点过后才到家。这也是为了你着想。你们固然没有必要变得多亲密，但两人都是大人了，你就在适当的距离下对她亲切一点吧！"

身着灰色西装的父亲，消失在自动门的那一头。澄雄没有回答，只在嘴里说着"晚安"而已。由于连回家都觉麻烦，他漫步朝第一次发短信给树里亚的民族餐厅而去。

在阳台的藤椅座位上坐下，他点了印度冰茶。之前他在这里一天内和树里亚互发了好几条短信。他从口袋里抽出手机，高举到六本木的夜空中。液晶画面的那头，是小小的橘色的东京铁塔。

年收入三百万元……

我和我爸聊了找工作的事。

他说我习于奢侈，无法过年收入三百万元以下的生活。

但我说什么都无意一毕业就找工作。

澄雄松开领带，喝了一口有香料味道的浓印度冰茶。他完全无法想象步入社会后的自己。会像父亲那样每天穿着西装往来公司吗？以他的感觉，短信几乎是马上就传回来一样。

你是在说我吗？

年收入三百万元以下，

根本就是在讲我的事嘛！

如果你想知道那是什么样的生活，

我也可以让你亲眼看看哦！

不过每天都过得很厌烦就是了。

我们已经猛传了好几天短信了，

要不要见个面？

虽然我觉得澄雄一定会很失望……

他和树里亚在网络之外碰面了。

这或许是件有趣的事。澄雄那时候还不觉得自己正在恋爱，也没有预感自己会在一个月后和树里亚一起告别这世界。澄雄那美丽的拇指，出于一种对初次见面的女子之兴趣，轻巧地在手机键盘上游走。所有无法收拾的事态，总是从这种轻松小事开始的。

第四章

一

　　月台前端，看得见一个张开黑色大口的地道。

　　在冷风四起的大洞周边，凶猛地包围着夏天的草木。这是澄雄第一次在铁路根岸线的石川町站下车，他一面环顾着四周，一面走下通往检票口的楼梯。由于是星期六的下午，有很多一起出门的家庭和情侣。在热闹的人潮中，冷冷的澄雄一个人格外显眼。

　　穿过剪票口走到路上，正面是淤塞的运河与耸立的高速公路高架线——一副阴郁的站前景象。距离与树里亚相约的时间，还有四分钟。澄雄恍惚地任由身体融入横滨的街道。

　　有个少女从通往元町的路那头笔直地快步走来，表情很严峻，是在生气吗？她穿着细长的靴型牛仔裤，以及朝气蓬勃的T恤。胸部的地方看起来高高挺挺的，一定是因为胸形很好吧。露出来的肚脐上，银色的脐环在闪闪发亮。她就是树里亚。

　　"久等咯！"

　　树里亚在伸手可及的距离处站定，以找碴般的强烈视线抬头看着澄雄。她远看时由于身体比例很好，感觉比较高，但近看时出乎意料的娇小，大约只有一百五十五厘米上下吧！

"不，没等多久呀！"澄雄生硬地回答。和只互发过短信的对象在现实生活中初次见面，无论如何，这都是让人紧张的一瞬间。

"唉，大体上真人看起来都会比手机照片让人失望，但澄雄不一样呢！真人比较好看。"她紧盯着澄雄。无论说话的方式或态度，树里亚都与自己大学的朋友完全不同。不过，对于到哪里都觉得自己无法适应的澄雄来说，这种格格不入的感觉很棒。

"在这里呆站着也不是办法，我们走吧！澄雄对横滨熟吗？"

"不，不太熟。"

"那，我来带路吧！这附近的街道，打从我小时候开始就是我游玩的场所。"树里亚加入人潮，走了起来。

虽然自己对横滨不熟，但澄雄知道前方有一条元町通。人行道上停着小推车，上面堆着包子与带有民族风的手帕等物品。整条路上飘散着星期六的下午那种轻松愉快的慵懒气氛。

在清澄的夏日阳光下，树里亚背对着澄雄说："你知不知道，我为什么会回澄雄的短信？"

澄雄环视街道。横滨这里，大家走路的速度似乎比东京的人略慢一点。

"……"

发现澄雄回答不出来，树里亚回过头来，彻底笑开了。澄雄想起液晶画面上的笑容。或许就是她这种略带嘲讽的笑法，和自己的母亲很像。

"我在交友网站从事假扮角色的兼职，根本不会去认真回短信。不过，我给澄雄的短信都是好好用心写的，并像这样实际和你见面。这是为什么，你知道吗？"

"不知道。"澄雄有时候会觉得很不可思议。明明觉得自己是个没有价值的人，周遭的人却会表现出对自己的兴趣。朋友也是这样，已经分手的准校花也是这样。不知为何，欣赏自己的人还不少。夏天的阳光很强烈，把周遭的所有东西都划分为照到太阳的色彩鲜艳的世界，以及黑暗的阴影世界。

树里亚在明亮的世界说："那是因为，澄雄小学的时候母亲去世了。"她讲到了他意想不到的事情。澄雄还以古怪的表情，但树里亚使劲地笑着。她背对着都是人的商店街，保持着笑容说。

"我也在小学五年级的时候死了母亲，虽然不是自杀。"

"……"又回答不出来了。

两人已经走到元町的交叉路口。金属大门上方，银色的鸟正在蔚蓝的夏日天空展翅翱翔。由于有些性急的店家已经开始展开特卖，人潮如夜间的庙会一样。道路前方的狭窄天空中，积雨云被切成全白的一片，浮在那里。

在等待红绿灯的这段时间，树里亚凝视着远方说："我妈有肝癌。但杀死我妈的，或许不是疾病，而是我爸。"红绿灯变了，两人在人潮中过了马路。这里有麦当劳与宝石店，橱窗里，白金戒台与镶着钻石的订婚戒指，整齐一致地散发着光辉。

"我老爸是开卡车的，他很过分，是人渣。"树里亚干脆地讲出这番话，口吻甚至让人感受到憎恨。

澄雄轻轻点点头，表示自己正在听。她这番话，没有回答的必要。

"一知道我妈得了癌症，我爸就破口大骂，说什么怎么得这种麻烦的病，这种病很花钱，孩子又要由谁来照顾。他还说自己可不管，让我妈滚到医院或随便哪里去都好。"

澄雄惊讶地听着。这个世界上，存在着自己连想象都无法想象的人。一个男人对着被医院告知罹患癌症的妻子咒骂，而树里亚是他女儿。

"他每天骂哟。什么像你这样的瘟神，赶快死了算了。我妈虽然在医院告知罹患癌症后还活了两年左右，但那段时间，老爸从来就没对她讲过什么温柔的话。即便如此，我妈在死前还和我说对不起。人生真的很无趣啊！我老爸那时正在某条高速公路上开卡车，从没想来见她最后一面。他明知道我妈病危，还毫不在乎地接工作。他是因为人死了很麻烦才逃走的啊！一定是这样。"

以年轻女性为目标顾客的时装店一间接一间，形成一片玻璃墙。花纹图案、亮片、牛仔等各式泳装装点着白色的人形模特儿。

树里亚瞥了一眼橱窗后说："那件黑色的透明比基尼很棒呢……一看到电视上与癌症搏斗的节目，我总是会哑然失笑。因为，我们家就算有人得了癌症，也会因为太过悲惨而无法上电视。我老爸，一喝醉就会乱找碴，对着癌症晚期的妈妈说她是累赘，说她是靠人养的废物，说什么要是没和她在一起就好了。还说小孩又不可爱，妈妈得癌症晚上也不能做。"

树里亚抿嘴一笑，看着澄雄说："我等下还是想试一下那件泳装。澄雄，你想看吗？"澄雄吃惊不已。不是对她父亲的残暴吃惊，而是对树里亚坚强到这种冷酷的地步甘拜下风。

"她的腹部明明已经积水严重了，老爸还是完全不管，骑到我妈身上扭来扭去。我们住的是狭窄的廉租房，这种事能看得一清二楚。男人的性欲，还真是让人拿它没办法呢。"

虽然澄雄道歉也无济于事，但树里亚这么一说，他很想代替她父亲鞠躬道歉。确实，男人的性欲，或许真的拿它没办法。进口家具、银质餐具、包包，还有鞋子。面包店前飘散着面粉烧焦的香味。

"我说，澄雄，大学很开心吗？"

感到有些迷茫的澄雄姑且先笑了笑。过了一会儿，他说："并不是那么开心的地方呀。会觉得那种地方很开心的家伙，我觉得应该是哪里有问题吧！而且我们已经大三了，还得找工作什么的。"

"那，你会到了不起的大公司去吧！就是需要总是打着领带、穿着深色西装的那种公司。"

澄雄看着映在橱窗里的自己，牛仔裤配白T恤，外面套了一件短袖的格纹蓝衬衫。他怎么也无法想象，穿着灰色西装在通勤电车上左摇右晃的自己。

"我想我不会去找工作。"

"好浪费。"

迎面走来一对年轻情侣，男人脖子上挂着粗粗的金链子，头上戴着明显是名牌的太阳眼镜，和女人提着的包包，以及凉鞋、项链，是同一个品牌。两人拖着凉鞋走，发出吧嗒吧嗒的声音，往这里走来。

情侣一走过，树里亚冷笑道："你明明可能成为真正的有钱人，而不是那种虚有其表、装出来的庸俗有钱人。还可以坐在有司机的车子上。你一辈子的薪酬，可能会和别人有一亿元以上的差距，知道吗？"

大企业起用的毕业新人，与靠打零工生活的人之间的差距，他知之甚详。树里亚讲的话，和父亲讲的是一样的。

澄雄笑了出来："最近，我在某家寿司店也领教过同样内容的说教。"

树里亚以尖锐的视线瞪着澄雄。

"你现在在笑，但我想你不知道真正严峻的是什么吧！澄雄。你知道我的月薪多少吗？"

澄雄摇摇头。他连想都没想过别人赚多少钱这种事。

"十三万元呀。每天早上我六点进工厂，做一整天面包，下午三点下班。工厂虽然就在我们家附近，但今后再工作几十年，薪水也不会涨，也没有奖金。地位不会提高，工作内容也不会变好。我是个被派遣到那里去的、月薪十三万元的机器人。无论我再怎么努力或是偷懒，年收入一样都是两百万以下。与其说这是工作，不如说它像个好大的陷阱呀！"

澄雄又一次什么也回答不出来。一和树里亚交谈，会有很多这种让他感到困惑的事。不过，这同时也是很有趣的事。和别人在大学里老是谈的那些某家公司的面试或录取情况比起来，他对树里亚这些谈话内容的兴趣要高多了。

"十年后，二十年后，三十年后，我会不会还是那样在做面包啊？大概只有年龄渐渐变老而已。半夜一想到这种事，我就好想哀号呀。"

"你不结婚吗？"

树里亚笑得整口牙齿都露出来了。"在那种臭老头的养育下，你觉得我可能对结婚抱持梦想吗？什么结婚，我一辈子都不想呀。我讨厌像我妈那样仰赖男人生活。自己生病时需要用的钱，我想自己准备。我妈还向老爸道歉呢！说因为自己而把小孩子的教育资金用掉了，她很抱歉。但这种事没有什么好道歉的。我高中没读完就辍学了，老爸也从来没给过我上学用的钱。"

澄雄看着走在自己身边的树里亚。她用词严厉，但说话的方式并不会让人觉得没有品位，她也没有使用那种只凭感觉的流行语。

"树里亚中学的时候成绩很好吧？"

她眼珠朝上看地对澄雄微微一笑。"头脑好的人果然明白呀！我在作文与报告方面超擅长的，总是领到区长奖。不过，由于没钱，没办法再读下去。"

马上就要走到元町商店街的尽头了，渐渐看得到地铁站的入口。

"怎么办？"

"难得来这里，我们去山下公园吧！"说完，树里亚突然伸出右手，握住了澄雄的手。两人碰面才不到三十分钟。被人这么自然就握住手还是第一次。

"好了，走吧。"树里亚牵着澄雄的手，走过夏天阳光洒落的斑马线。

二

　　穿过人形之家前方，越过天桥，通过长满爬蔓蔷薇的半圆形入
口后，就是山下公园了。这里有个石砌的圆形广场，四周有流水。

　　"我小时候，还没有这么漂亮的广场，只有停泊在此的冰川号
与海边平坦的公园而已。"

　　星期六下午的公园，因为举家前来的游人与外县市来的观光客
而热闹非凡。阶梯的中央设置了会溅出水花的水流，小朋友们打着
赤脚玩着水。树里亚的手，连指尖都很柔软。澄雄兴致勃勃地凝视
着率先走下阶梯的树里亚的黑发。两人就这样走到了海边，用来固
定冰川号的码头旁，漂浮着木屑、便利商店的塑料袋，以及失去弹
性的松松垮垮的保险套。

　　"很不可思议，这个公园除了刮风下雨时之外，并没有海的气
味。就好像一个极大的人工游泳池一样。"

　　两人在长椅上坐下。潮湿但不带海水味的风，穿过澄雄的头发
吹走了。夏天的太阳、海风，以及眼前广阔的东京湾。坐在长椅旁
的是初次见面的女孩。澄雄觉得，这样很完美。这几天的沮丧，就
好像只是假象一般。

58

"我的故事很阴郁吧！现在换澄雄讲你的事给我听。"树里亚把身体转向澄雄的方向，侧着身子。

"最核心的部分我已经讲了呀！除了我妈的事外，我就没有碰到过太戏剧化的事情了。"

"可是，你不是上一流的大学，还住在六本木山庄里吗？"澄雄苦笑。她这么说确实也对。六本木山庄的住宅大楼与公建住宅应该不同吧！

"是这样没错，但全都是因为我爸啊！并不是我努力来的。戏剧化的是我爸，他的成功好像连续剧一样。"

树里亚拍手说道："讲给我听，讲给我听。有钱人过的，到底是什么生活？"

澄雄讲了父亲的发迹史与现在的工作；讲了母亲自杀五年后，父亲再婚，娶了无血缘关系的后妈；讲了自己一直是在不想再失去谁的心态下，一路保持优等生的身份到了大学。明明是讲自己的事，却觉得极其没有现实感。

树里亚叹了口气说："真是难以置信呀。竟然要坐三十层以上的电梯，才能到达自己家。我问你，你们家的窗户可以看到整个东京对吧？好像电影那样？我们家的窗户，只看得到隔壁家令人不舒服的绿色墙壁而已呀！"

这时，老旧电话机那种声音吱吱作响。树里亚皱着眉说："等我一下。"她拿起牛仔布材质的单肩包，从长椅上站了起来。走开几步后，抽出手机。她的背影好美，腰很细，臀部的位置很高。

就在澄雄得以悠闲地观察着不设防的对方时，树里亚听了几句电话那头的话后，突然大吼起来："那种事，我哪知道啊！"树里亚用凉鞋的鞋尖踢了一下海边公园的地砖，"死老头的什么借款，可和我没关系啊！如果你们想把他逼死，就去逼那个老头吧！不然，你要折断他一只手臂也没关系。拜啦！"

树里亚摔上手机盖，收好手机。她一面喘着气，一面回到长椅来。重重在长椅上坐下后，她看着海的方向说："打电话来催我老爸还钱的。我家那个死老头到处借钱，有专门服务上班族的高利贷，也有更为恶劣的借款方。和澄雄你家的爸爸完全不一样啊。从我小时候开始，我们家就已经习惯讨债者对付人的那种手法了。"

不分对象猛借钱的树里亚的父亲，与不分对象猛投资捞钱的澄雄的父亲，就像剪影画中光亮与阴影的部分一样。两人凑在一起，就完成了一幅画。

澄雄正为这样的讽刺而笑出声时，树里亚说："讨债公司打来的电话，也不是太少见。从我小时候开始，一到我们家吃饭时间，他们就一定会打来。敌人也深知如何让我们家的气氛变得低迷呢！"

两人齐声笑了。既然世界不会因为你是笑是哭而改变，那么还是笑比较好。两人就这样笑着。

树里亚一本正经地说："接下来，你想做什么？"澄雄迎着海风说："我口渴了，要不要去喝茶？我记得，那边的新贵酒店有很棒的咖啡厅。"在新馆盖好前，他曾和父亲到那家酒店去过一次。它在横滨是数一数二的老酒店。

"啊，新贵呀！有钱人家的少爷果然不同凡响呢！不过，去什么咖啡厅太浪费了，要不要来我家？我家冰箱有冰镇啤酒和可乐哟。"她这番突如其来的话，让澄雄迷惘了起来。虽然不太提得起劲，但他觉得如果拒绝，会破坏现场的气氛。

"好呀，我也想看看树里亚的房间。"

"就这么决定，我们走吧。"一从长椅上站起来，树里亚便自然而然地勾住了澄雄的手臂，像空气一样钻进对方的怀里。这个女孩对于异性似乎有一种奇特的温柔态度。澄雄折服于此，朝着树里亚指示的方向走去。

三

　　下午的稍晚时刻，阳光开始变成金黄色。两人走出海边的公园
后，树里亚走上两边长满银杏树的道路。
　　"你家是在哪里？"
　　"山元町。"
　　"山元町，我不太熟耶。"
　　树里亚犹如从下方仰望一般，往上探头靠近看澄雄的脸。"在
石川町车站下车，爬上山丘约十五分钟左右吧！从这里走的话，要
花三十分钟。我们现在去公车站。"
　　澄雄近十年来都没坐过公交车。
　　"你说的公交车，马上会来吗？"
　　"没看时刻表不知道，但应该会来吧！"
　　澄雄毅然决然说："那，我来出钱，我们坐出租车去吧！不然
太浪费时间。"
　　树里亚一边的脸颊浮起笑意。"太幸运啦。不过，有钱人总是
讲同样的话呢！他们都会说太浪费时间，而不是太浪费钱。但穷人
家没有钱，唯独拥有无限的时间。"

澄雄什么也没说，朝着路上招手。空车这么多，是因为横滨的出租车业也不景气吗？装有塑料座椅的老旧出租车沿着运河往上爬。过了一阵子，在一个大交叉口左转后，左右两侧渐渐出现许多坡度较平缓的小山丘，它们的顶部用红色的桥联结在一起。

"那座桥是有名的自杀地点。往下跳的话，那样的高度毫无疑问会死；即便没死成，下面通过的汽车，也会补上最后一刀。"树里亚以带有笑意的口吻说道。接着她连忙掩口说："糟了。我无意调侃澄雄你妈妈的事呀。"

澄雄握了握她柔软的手，用以代表"我知道"。出租车在蜿蜒的路上行驶着，澄雄完全不知道这是哪里。由于看到很多英文广告牌，或许附近有美军基地吧！

"在那边的红绿灯右转。"

出租车开上一个颇陡的斜坡，斜坡的右方盖着同样外形的房子，每一家都涂成了同样的深绿色，上方是灰色的平板屋顶。建筑物似乎已有相当年份，全都熏成了浅黑色，好像黏着在斜坡上的青苔群一样。

"在这里停车。"树里亚要出租车停下来。付了钱后，澄雄走下出租车。

"嘿嘿，再等一下子好像就要跳表了，所以我在这里叫他停车。"两人牵着手，在四处都有明显修补痕迹的柏油路上走着，朝并排的几十户外观相同的房屋中的其中一家而去。

树里亚把钥匙插进金属门。"好了，进来吧。"

玄关很暗，即便树里亚打开了墙上的电灯开关，还是很暗，只点了一盏小电灯泡而已。狭窄的脱鞋处，男鞋和女鞋混放在一起。

澄雄在一块空着的地方脱下了意大利制的乐福鞋。

"打扰了。"

一走进玄关，马上就是铺有塑料地砖的厨房。冰箱、微波炉、餐具架，所放的东西似乎多过于空间。一拉开玻璃拉门，是六张榻榻米大小的和室。明明是夏天，暖桌却放着还没收起来。日光灯的长绳，往下垂到了暖桌的桌面上。

"这里是客厅也是老爸的寝室。然后，那边是我房间。"拉开格状的玻璃拉门，树里亚带澄雄进房。里面有高度很低的床，以及塑料衣柜。房间中央有条绳子横过去，是用来晾洗好的衣物的。这个房间似乎整理得最整齐，其他房间里都是一些无法丢弃的破烂物品，像不好的回忆一样留在那里。澄雄不知道该坐哪里好，便在房间的正中央坐了下来。树里亚双手叉腰，在那儿站着。

"好了，这里是我家。你想喝什么？还是想要马上做爱？"一时不懂她的意思。看到澄雄什么话也没说，树里亚扑哧一声笑出来。

"澄雄明明这么帅，该不会是处男吧？在网络上相识，在现实中碰面，差不多都会变成这样吧？还是说，你不想和我做爱？"

澄雄抬头直视着树里亚。他的双手交握于弓在前面的双膝上，直截了当地说："希望有一天能和树里亚做。但既不是今天，也不是在这个房间。我想多了解树里亚哟！如果在那之前就做爱，我觉得会变得很无趣。"

树里亚依然站着，犹如在思考一样。她的脸颊略为变红。"知道了。那，我拿点喝的来吧！现在起，我们就彼此多讲一些自己的事咯！"

"好啊！"

澄雄点点头，树里亚走到玻璃门的那头去了。树里亚的身形，歪歪曲曲地从老旧磨砂玻璃透了过来。澄雄凝视着扭曲的人形，一面觉得自己的未来就好像是这样。

第五章

一

两人交谈着。

交谈、交谈、一直交谈着。

讲到嘴唇与舌头发酸，还是停不下来。地点是位于公建住宅的树里亚房间。射进窗内的光线，从下午稍晚时的金黄色变成了夕阳的橙色，最后变成夜色。澄雄一直坐在四张半榻榻米大小的房间正中央，树里亚一直坐在靠墙边的床上，两人持续交谈着。初次在网络外碰面的两人，打算推心置腹地讲到自己的大脑与内心都空无一物为止。

他不仅想知道对方的事，也想让对方知道自己的事。澄雄自出生以来，就没有感受过这等强烈的欲求。只要是树里亚的事，再怎么琐碎，再怎么无聊，他也想知道。那是一种远比性爱的欲望还激烈、想要把对方的一切纳为己有的力量。无论是自己的事，还是连自己都不知道或没发现的事，澄雄都希望让眼前的女性知道。他希望这一切能在树里亚了解后，变成她的血、她的肉。

澄雄与树里亚这代人，在和别人沟通时，多半会使用手机短信。他们看着小小液晶画面的时间，远比直接面对活生生的人的时间要长。把恋人或朋友联系起来的，是每天不下数十通的信息碎片，是在空中飞翔后抵达每个人手机终端的不到一百字的短信。其内容不过写出一瞬间心情的字句而已。满满的情感与无法分割的思念，无法切分成小小的包裹运送。

然而，活生生的树里亚，和液晶画面完全不同。她会笑、会蹙眉、会拍手，不时还会跺脚。她会往上拨头发，会咋舌，会耸肩，会传来仿佛有特殊意义的视线。树里亚所讲的话，装点着远比那些表情文字还丰富的深意，闪闪发亮。澄雄一面笑着听她说话，一面感谢让自己与这个人相遇的偶然。当然，澄雄并不觉得那是什么命运。

自母亲自杀以来，他就很讨厌命运这两个字。

"喂，澄雄。"好像引擎突然停住了一样，树里亚的话听来慵懒。

"怎么啦？"澄雄的嘴里也变黏了。再怎么摄取水分，喉咙都还是那么渴。他看向墙上的时钟，是一个红色的可口可乐图案的挂钟。来到这个房间，已经六小时了。犹如乘着魔法飞毯飞过天空般的六个小时。

"今晚不在这里过夜再回去吗？"

"……"

"我家老头，今晚跑长途，不会回来哟！"

澄雄迷惘了。如果在这里过夜，应该会和树里亚上床吧！家里那边，只要发一通短信给后母就行了，反正父亲也要到半夜才回家吧！可是，自己难道要连树里亚的身体也一并了解吗？光是交谈，心里就已经很满足了。

"今天我们才初次见面，我也是第一次到这里来，所以……"

70

树里亚露出松了口气的表情。"不过，先做过之后，下次见面时就可以不用紧张了。但说真的，如果说现在要来做爱，却又提不起那个劲。"树里亚这么说着，嘴巴张得大大的，看得见她那粉红色的喉咙深处。

"我说澄雄，你来看我这里，已经看不到你讲的往事了。因为，澄雄讲的话已经塞满我的肚子啦！"

两人同时发出笑声。爱情就从齐声而笑展开。澄雄与树里亚悄悄走到玄关时，已经过了晚上九点。在外观相同的如玩具般并排的公建住宅的某个角落，水银灯发着点点蓝光。树里亚快步走上四处都有柏油修补痕迹的道路。走到车道后，她回头说："我超级讨厌这里的呢！小时候开始，我就想着自己总有一天一定要从这里飞出去。可是，自己开始工作后，我才明白，自己搞不好一辈子都离不开这里了。"

澄雄也站到她身边，看着山丘上的住宅群。家家户户的窗户，都透着昏暗的灯光。不过，稍微离远点，就会变得安静到奇妙的地步，感觉不到人的气息。

"在这里招不到出租车，我们到下面去吧！"树里亚往前走着，凉鞋发出了声音。澄雄又瞥了寂寥的住宅群最后一眼，就把它们抛在脑后。

树里亚以不开心的声音说："澄雄第一次搭飞机，是幼儿园或小学时的事吧！"

要不要老实告诉她呢？虽然有点不知所措，还是讲了。"第一次搭飞机是和母亲前往父亲工作的芝加哥。大概是一岁半左右的事吧！"

"我就说吧！像我这种人，高中校外教学时去北海道才第一次搭飞机。根本和你没得比啊。"

　　明明刚才还那么亲密地交谈着，树里亚这时却沉默了下来，就这样走下陡峭的斜坡，完全不回头看澄雄。出租车是在斜坡终点处的交叉路口招到的，树里亚什么也没问澄雄，就告诉了司机目的地。

二

　　星期六晚上的中华街，华美地燃烧着。红色的门上有聚光灯照着，好像飘浮在夏天的夜空中一样。离开有络绎不绝的团体观光客行走的大街，树里亚弯进了汽车开不进去的小巷里。"中华街晚上很早打烊，这个时候比较大的店大概都关了吧！"一看手表，快要晚上十点了。"和那种有名的店比起来，横滨本地人会去的店既便宜、分量又多，而且很多都会开到半夜。你看，像这家。"

　　树里亚在一家极其普通的中华料理店前停了下来。这是一家看起来在任何一个外县市的车站前一定都会有的那种店。有红白色的布帘、有铝框的大门，以及摆着餐点模型的橱窗这三种东西。不过，三者似乎都因为油渍而显得有些黏腻。

　　"这里的虾仁汤面和小笼包很好吃哦！"

　　拉开玻璃门，走进店里。里头整齐地排着铺上塑料桌布的桌子，客人大约坐了一半。天花板的一角，摆着一台正在播放横滨湾星队比赛的旧电视。澄雄的喉咙很渴，但倒不是那么饿。他点了树里亚推荐的两道菜和炒空心菜。树里亚点了海鲜浇汁炒面。由于两人无意喝啤酒，就用冰凉的茉莉茶干杯。

"你怎么了？"

"什么怎么了？"

树里亚正在吃淋了许多醋的炒面。她似乎也没有什么食欲。

"因为你从刚才开始就变得不讲话了呀。在你房里，我们明明聊了很多。"

树里亚用长长的中华筷子夹起虾子，放入口中。她的嘴里是鲜艳的粉红色，这颜色让澄雄吓了一跳。

"因为，澄雄和我所居住的世界相差太多了嘛。和你聊过后，我渐渐明白了这件事。"厨房里传来转动中华锅的金属声，头上电视里的播报员大喊着横滨湾星队的投手在左边线打出二垒安打。

"这样吗？"

树里亚放下筷子，直直凝视着澄雄。"就是这样啊。我们的共同点，就只有小时候母亲死了而已。再来大概就是都讨厌父亲吧！除此之外，我们截然不同啊！"或许真如她所说的。树里亚的房间，与位于六本木山庄高层的澄雄房间，完全不同。她房间窗户的那头是公建住宅的墙壁，绿得犹如阴凉处的青苔般。澄雄房间的窗外则闪耀着东京都中心一半的灯光。

沉默下来后，树里亚说："再说，你也很难把我介绍给学校的朋友或父亲之类的人认识吧？要是别人问是在哪里认识的啊，你可能会说'是在手机的交友网站认识的，她在那里打工'之类的吗？……"

她看着澄雄的眼睛虽然没有往旁边移开，但看得出渐渐失去了光辉。最后，就像熄了火的木炭一样干掉。

"那有什么问题吗？"澄雄以不输棒球实况转播的大音量说，"如果树里亚希望我把你介绍给学校的人认识，下次可以让你们见面，虽然我朋友不多。父亲也是，没什么不能介绍的。"

树里亚凝视着澄雄的脸。澄雄总觉得，自己被她试探了。对方像法官一样，试探着自己的证词是否真实。在树里亚居住的世界里，一定存在着无数说谎的男子吧！

"交友网站的事也是，如果树里亚说什么都希望我讲的话，我也可以讲出来呀！"

树里亚严峻的神情突然垮了，她笑着说："那个就不用了。你就说是在社交网站之类的地方认识的好了。至少，一开始先这样讲。因为，我现在还不能辞掉交友网站的兼职工作。"树里亚将头扭向炒面盘，把面塞进嘴里。

"我白担心了。反正，我们也不会一直交往下去。只要现在快乐，就好了吧！我们也不是要结婚呀，我们不是才二十岁而已？"澄雄也把筷子伸向据说在当地很有名的虾仁汤面。确实好吃。

"可是，很难说呀。或许会出乎意料交往很久。"

树里亚塞得满嘴都是地说："不可能太长久的吧！"

"很难说呀！"

树里亚的嘴角垂着一小截炒面，笑了。"我觉得不可能太长久啦！"

明天的事，谁也不可能知道。在空位明显很多的夜晚的餐厅里，澄雄也一起发出了笑声。

在中华街用完餐，两人走到横滨的街上。人潮已经完全没有了，元町商店街都熄了灯，只有石板小道依然弯曲着往四面八方延伸。树里亚与澄雄手牵着手，今天才刚见面，牵手却已经变成理所当然的事了。

渐渐看得见JR石川町站的招牌了。

"要是能像这样一直走下去就好了。"树里亚说。

"那会累死人吧。"

树里亚往上微微瞪了澄雄一下。"澄雄你就不懂了。一直走到天亮，走累了，直接在路边倒头睡就行了呀。很舒服的哟！反正是夏天，也死不了的。"

车站内部四处都有明亮的日光灯。虽然是盛夏，从月台往下吹来的夜风，依然凉爽。

"我去买票，等我一下。"

树里亚别开脸说："才不要。我最讨厌等别人了，我现在就要回家。不过，在那之前……"树里亚往上踮起了凉鞋的鞋尖。搞不懂状况的澄雄僵在那儿，嘴唇却轻轻碰到她的嘴唇。从旁边走过的喝醉的上班族，啧了一声。树里亚的嘴唇软到不像是人类身体的一部分。她迅速拉开身子，稍稍挥了挥手。

"那，再见咯！再发短信给我吧，澄雄。"娇小的女孩头也不回地走掉，沿着通往人行道的楼梯跑了下去。她一从水泥柱的转角处弯过去，就连背影也看不到了。

"再见，树里亚。"澄雄对着她已经不在的夜晚的明亮车站，如此喃喃说道。然后，他一面按着嘴唇，一面走向售票机。

三

　　过去，对于那种每天互发几十条毫无意义短信的同龄情侣们，澄雄一向都是冷眼看待。但从第一次约会以来，他发给树里亚的短信就急速增加。只以一个吻结束，或许是好事。如果太容易就上床，今后往往会难以持续发展下去。

　　在学校或自己房里时就不用说了，就连用餐、上厕所或洗澡时，澄雄也总是把手机放在伸手可及之处。这已经成了澄雄的新习惯。树里亚一有短信发来，他就马上想要回信。相反的，如果对方隔了三十分钟都没回信，即便知道她正在忙工作，还是会焦躁地觉得不开心。

　　第二次的约会，定在星期五。身为合同工的树里亚，休假是不固定的。在刚好休假的那一天，她来到位于东京都中心的大学。她身着牛仔迷你裙与T恤，赤脚穿着凉鞋。树里亚的服装看起来和走在校园里的女大学生没什么太大差别，却还是给人一点"哪里不太对劲"的感觉。

　　"我怎么觉得，唯独我一个人好像和别人不太一样？"树里亚似乎也察觉到这件事。在日本，任何团体都有琐碎的规则。裙子才短了几厘米、凉鞋的鞋跟是尖的——一旦偏离规则，马上就会变成外人。

澄雄笑着掩饰道："应该只是因为你这衣服是在横滨买的吧！"澄雄翘掉暑期讲座，带她在大学里到处逛。在无人的阶梯教室里，树里亚欢呼起来。"我一直想在这种地方上课呢！"树里亚在阶梯教室最上端的座位上坐下，抚摸着全是伤痕的桌面。"我老爸连一丝一毫的教养都没有，到现在都还说女人不需要读书。他说，女人只要做饭、打扫、洗衣、照顾小孩就好了。"

澄雄在前面一排的座位上坐下。在封死的玻璃窗那头，远远传来蝉鸣声。"明明你中学时期的成绩很好。"

树里亚耸耸肩说："还可以啦！反正是一般水平的公立中学，校园生活一团糟，不过我在班上没有掉出前五名过。我们班主任叫我读普通高中，但我老爸说读商业高中就够了，并不答应。要是我妈还活着就好了。"

"是这样呀……"澄雄完全无法回话。就算亲眼目睹在电视或报纸上看到的"M型社会"这个词，但由于大学里的同学全都是在类似生活环境下长大的，过去他从未切身体会过这个词的意义。对于树里亚与自己之间相隔的鸿沟之深，澄雄感到头晕目眩。

树里亚把自己T恤的袖子移到鼻子旁边。

"喂，你会不会觉得我有股奶油味？"

不懂她这问题的意思。

"呃，不会呀。你说的是不是润发乳什么的？"

"不是啦。是奶油面包的奶油啦！我到早上六点为止，都在工厂搅拌奶油的大锅子。那种工作虽然已经有一半自动化了，毕竟还是要有人观察状况、不时搭把手才行。如果全交给机器，口味会大为变差呢！”

第一次听到这种事。澄雄的身子往后扭了扭，抬头看向树里亚的方向。“你做的一直都是搅拌奶油的工作吗？”

树里亚确认了一下细细上臂处的肌肉后，笑道：“没错，会变得像泰山一样精力旺盛。便利商店不是在卖奶油面包吗？我们每天都做几千个那种东西，反正我自己是不会去吃啦！我一看到奶油面包，就会觉得想吐。”

即便如此，非正式的合同工，年薪似乎只有两百万元左右，没有奖金，也没有升迁。工作内容不难，但也学不到什么专业技能。是一种犹如走到隧道尽头一般的单纯劳动。

“我问你，树里亚，你要不要再回学校上课？”

树里亚以全无情感的表情，凝视着澄雄。

先把目光移开的澄雄急急忙忙说道：“聊了很多之后，我发现树里亚头脑转动的速度比这所大学大多数的学生都还快哟！只要你一面工作一面存钱，领取奖学金后再重新回大学读书，不就行了吗？你一辈子都待在面包工厂，太可惜了啦！”

树里亚从高一阶的座位紧紧抱住了澄雄的头。她把脸埋在澄雄后方的头发里细语道：“谢谢你。只有澄雄你会对我讲这种话呀。说真的，我在交友网站打工赚到的钱，现在全都存起来了，打算作为未来的学费之用。为此我到处猛传骗人的短信，说自己喜欢性爱、十八岁，是G罩杯的巨乳妹。真是糟到不行的打工对吧！”

澄雄的手往后伸去，抚摸着树里亚的头发。她的头发又细又柔，指尖几乎抓不住。

"噢！在这里，在这里！"偌大的阶梯教室里，响起男学生的声音。树里亚与澄雄连忙分了开来，转头看向进出口的方向，是朋友大内诚也与金子卓介。两人一面窃笑着，一面向这里走来。

诚也晒黑的脸上眉开眼笑："澄雄带新女朋友来学校的事，已经传开了喔。你把准校花甩掉，现在和什么样的女孩交往呀？"爱泡妞的大学生在略有一段距离的桌旁坐下。站在旁边的卓介向树里亚欠了欠身。

"我是澄雄的朋友，同样是经济系的。我叫大内，这家伙是金子。帮我介绍女朋友吧！你是哪所大学的学生呢？"

澄雄连忙站了起来。树里亚保持微笑坐着。"这个嘛，我叫三田树里亚。不是大学生，已经走入社会了，今年二十岁。"

诚也把弄着胸口的骷髅坠子说道："哦，果然很美呢！没想到澄雄是外貌协会的嘛！你从事什么工作呢？"

树里亚微微一笑。"我是做奶油面包的。"

"总觉得是很梦幻的工作呢！"

"还好啦！"

澄雄冒着冷汗听诚也和树里亚对话。

卓介说："澄雄的父亲以前留学过的那所海外研究所把课程传到我们学校来了，蛮不错的呢！"

诚也看向澄雄的方向，天真无邪地说："嗯，就是那所商学院嘛。要花不少钱，不过无论在海外或在日本，找工作时有这个背景会加分很多。对你们家这种有钱人来说，再适合不过啦！"

树里亚的脸色渐渐沉了下来。澄雄站了起来，牵起她的手。

"我们走了，下次见。带她参观完校园后，还要领她去我家玩。"

"下次再找个地方办联谊吧！树里亚小姐要把你的美女朋友介绍给我哟。"诚也挥着晒黑的手。

澄雄离开了成为危险地带的阶梯教室，就这样离开了东京都中心的大学。两人到达六本木山庄住宅大楼已是傍晚五点多的事了。树里亚对于一整面玻璃的入口、高速电梯，以及近四十张榻榻米大小的客厅，都毫不掩饰地发出惊叹的声音。两人来到澄雄的房间。三十七楼的窗外，放眼望去尽是玩具般的建筑如沙子一样四散开来的广阔景色。东京都中心全是水泥的灰色与玻璃的蓝色，以及多到出乎意料的公园的绿色。

"府上的人，都不在嘛！"树里亚把脸靠在窗户上，俯瞰着脚下的街道。

澄雄在书桌前的回转皮椅上坐下。"嗯，今天星期五，是我爸他们约会的日子。他们每个月会有这么一次，虽然都已经一把年纪了。或许由于是再婚，而且娶的是比自己小很多的老婆，才会变成这样。我继母为了约会，一次就花好几万上美容中心准备。实在很难想象。"

树里亚转了过来，背对着即将变为黄昏的天空。她的身影形成一道柔和的曲线。"那，到深夜你爸妈都不会回来吗？"

"他们给了我五千元吃晚餐。应该到晚上十一点左右都不会回来吧！"

"是吗……"

树里亚突然把手放到了自己的T恤衫的下摆处。她毫不犹豫地便脱掉了那件极为贴身的T恤。蕾丝边胸罩是鲜艳的土耳其蓝色。

"……既然这样，我们在这里做吧！这么棒的房间，我想我一辈子都不可能住上。看到刚才的大学，我也是同样的感觉。我和澄雄虽然生于同一个时代，却活在不同的世界。那是绝对不可能靠近的两个世界呀！"

树里亚解开牛仔迷你裙的挂钩，形状美好的脚尖"咻"的一声从掉到地上的裙内抽了出来。内裤也同样是带有蕾丝的土耳其蓝。

"我觉得我和澄雄无法交往。虽然喜欢，毕竟还是无法持续下去。和你做的第一次，也是最后一次，所以希望能在这个房间。我也希望能好好记住澄雄每天生活的这个房间。"

澄雄的喉头干干的。穿着内衣的树里亚站在自己的房间，这是很有冲击性的景象。

"澄雄你也想和我做爱吧？"

只是默默点个头，为什么需要花这么大的力气呢？

树里亚干脆地说："那，借我冲个澡咯。在哪里？"澄雄牵着树里亚柔嫩的手，走向偌大豪宅的走廊。

第六章

一

澄雄凝视着三十七楼的窗户。这里是东京都中心，犹如散落着无数颗钻石般闪耀。夜晚的天空中，反射出地面光线的明亮的积雨云，在那儿隐约地发着亮。自己的心好像麻痹了一样，停止了跳动。为何早已看惯了的夜景，唯独在今晚美到不行呢？澄雄老早就知道为什么了——只要一闭上眼，似乎就能听得到淋浴的水声。

这时候的树里亚，应该正在附有按摩功能的圆形浴缸中洗澡吧！由于水蒸气，浴室的窗户应该会因为起雾而看不清楚外面。澄雄已经和她讲过，这种状况下只要拿水去冲就行了。封死的窗户内侧，做了防水的加工处理。只要拿莲蓬头冲一下，明亮的夜景就不会再雾蒙蒙的，可以清楚看见。

澄雄关上了房间的灯，他考虑到树里亚就要冲好澡了。点着的只有书桌上那富有现代设计感的台灯而已，想必是意大利制的吧！这个楼层里的东西，全都是某个室内设计师所挑选的，好像在样板房生活一样。对澄雄来说，他完全感受不到任何一丁点的喜爱。

自己的脸好像幽灵般透在昏暗的窗户上。在搬到六本木山庄的高层来时，父亲弘和把所有与母亲的记忆有关的东西，全都处理掉了。澄雄固然也觉得这样太无情，但父亲为了与第二任的年轻妻子共同开始新生活，这么做或许也无可奈何。正如澄雄因为母亲的自杀而受到冲击一样，父亲也颇为自责。在这个家里，会让人想起母亲裕子的，也只有眼前这东西了——澄雄映在夜晚窗户上那细长而带神秘感的眼睛。

"久等了。"

悄悄把门打开的声音传了过来，树里亚回来了。

"好棒的浴室呀，里面全部是大理石。我哪怕只要住在那里就很满足了哟！"

树里亚正在重新把土耳其蓝的胸罩穿上去。她虽然娇小，身材比例却近乎完美，很难相信她在手机交友网站从事假扮角色的工作。这种时候，视线该停在哪里好呢？澄雄把眼睛低了下来。

"那，我也冲个澡再回来。"

"喂喂，想看的话，你就好好看个清楚嘛。"

语毕，树里亚光着脚移动到窗边。她那鲜艳的蓝色内衣裤与白皙的肌肤，浮现在她背后的都心夜景中。男人和女人的身体，为什么会如此的不同呢？澄雄维持着坐在床上的姿势，盯着树里亚的身体看。

"我们生活在不同的世界。过了今晚，我们就会回到各自的世界去。因此，请你不要忘记我……还有，我的身体。"

树里亚把双手背到背后，她要做什么呢？澄雄的喉咙干干的，无法好好给她一个回答。树里亚解开了胸罩的挂钩，好像在处理什么坏掉的东西一样，迅速扯掉肩带。她乳房的下端只晃了一下，就以完美的形状静止下来。树里亚的眼睛闪耀着光芒，比东京的灯火亮得多。

"你看，这些全部都是澄雄的哟！"

澄雄就这样僵在那里。难道不能把这一刻永远记录下来吗？如果只是影像的话，手机的相机或许可以拍下来。但树里亚的身体在现场所散发的、已经到达危险地步的热力，以及自己狂乱跳动的心，都拍不下来。再这样凝视下去，好像就要超出心里的记忆容量了，因此澄雄不由得清了清嗓子。

"我冲个澡再回来。"

原本伸直背、挺着胸的树里亚，放松了身体的力量。

"等一下。"

树里亚左右晃着胸部，向澄雄靠近了几步，然后紧抱住坐着的澄雄的头。澄雄的额头，感受到乳房的柔软与热度。树里亚之所以微微出汗，是因为她也和自己一样紧张吗？树里亚弯下身体，目光碰上了澄雄的视线。

"在留下我一人之前，先亲我。"比乳房还柔软的嘴唇，贴了下来。是因为擦了唇蜜吗？有一种黏黏湿湿的感触。虽然只是双唇轻碰，分开时却缓慢得有如撕开贴纸一样。

"好了，你可以去冲澡了。可是，要马上回来哦。"

接下来澄雄的冲澡时间，是他这辈子至今最短的一次。

即将进入性爱前的那段时间，似乎比性爱本身还来得美好。澄雄在冲击着身体的淋浴水声中，闭着眼睛这么想着。或许最棒的时光已经过去了。在满满的期待下开始的行为，就在情绪不怎么高涨的状况下，结束于冰冷的高潮中。这样的事情，至今他已经多次体验过。

澄雄也才二十岁，他自己并不觉得自己在性方面已经成熟。有时候他甚至觉得，真正让人悸动的，是本质上来自"要发生什么事了"的那种预感，至于实际的性爱，就像是它所附赠的东西一样。

澄雄回到自己房间，不出声地悄悄打开门。站在窗边的树里亚，像只敏感的小动物般，转头看向这里。

"嘿嘿，我想澄雄应该喜欢自己帮我脱，所以又把胸罩穿回去了。"胸罩的蓝色带子横过她白皙的背部。

"在那儿不要动。"澄雄只穿着一条拳击短裤，踮脚移动到树里亚的背后，环抱住她细细的腰。树里亚冰凉的背部与澄雄热烫的胸部和腹部，好像附着在了一起。

"……"树里亚发出不成声音的声音，澄雄吓了一跳。肌肤表面的每一个细胞，好像毫无间隙地一个一个渐渐联结在一起。

树里亚一面喘息，一面设法讲出话来。"……总觉得、好怪哟……明明我们什么都还没做呀……竟然会变成这样……澄雄，你该不会用了什么……奇怪的药吧？……"

"我什么也没做。"

相互接触的肌肤间，一阵一阵地交换着烧灼般的热力。光是这样，就有一种忍不住要发出声音的快感。

树里亚的声音很甜蜜："……我是第一次这样子呢。"

澄雄也有相同的感觉。大面积接触的肌肤、混合了汗水与润发乳的头发气味，以及她那双与自己环抱着她的手交叠在一起的热热的手。明明连开始都还没，就已经这么特别了。

"我也是第一次这样。常听到有人说'身体很契合'，或许就是在讲这种感觉吧！"澄雄往上拨起树里亚后面的头发，亲吻她的脖子。

树里亚的声音在发抖。"……好奇怪啊，这种感觉……好像全身都有感应一样……"树里亚的全身微微地颤抖了起来，像钓起来的鱼一样，在澄雄的臂弯里跳了好几跳。

澄雄缓缓地亲吻着她的脖子，一面捏着她细细的下巴，把她的头转向侧面，从后方亲她。树里亚白皙的脖子，清楚地映在黑暗的窗户上。他们久久亲吻着，探索彼此嘴巴的内部。一直到无法呼吸，才总算结束这一吻。

"我已经站不住了。"

澄雄一面觉得可惜，一面从树里亚身上拉开身子。他总觉得，这种快感是某种偶然下的产物，一旦肌肤分离，就会消失。或许，不会再出现第二次了。他拉着树里亚的手，往自己的床移动。树里亚比澄雄先跳出去，俯冲到床上。

她一面在床垫上跳着一面说："来吧！我们来试试刚才的感觉是不是真的吧！"

澄雄把身体压到了躺着的树里亚上面，肌肤紧紧地附着了上去。同样的快感，又出现了。

"或许我们俩真是特别的一对呢！"两人在环绕到对方背后的手上，使劲加上了力。

床上的时间开始了。

澄雄觉得，女性的身体就像一张白色的地图一样，最重要的是，要如何解读描绘在上头的记号。树里亚的身体就像灵敏的触碰感应器一样，敏感到教他讶异的地步。他的指尖一碰，地图的形状就变了，原本完全空白的区域渐渐染上鲜艳的色彩。澄雄只是屏住呼吸，跟随着地图的指示走。

"……好奇怪呀……平常明明不会这样呀……"树里亚断断续续说道。

澄雄目不转睛地看着在微亮的房间里浮现的身体。即便灯全部关上，外面的光线还是会透进来。

"我也有这种感觉。过去我一直以为性爱很无趣，每一次都是那样。"

树里亚从床单上抬起头。"和我的感觉如何？"

"很可怕，不知道会到什么地步。"

"我好开心。"树里亚紧抱着澄雄的头，往自己的胸部压去。

一切都结束时，时间的感觉已经消失了。两人裸着身子往上看着天花板。只有树里亚的身体盖着一条淡蓝色的毛巾被而已。

"刚才澄雄说很可怕对吧！"

"嗯。"

在黑暗的房里，树里亚的声音明明近在咫尺，听起来却像是远方传来的一样。澄雄觉得她好像是从深深的井底和自己讲话一样。

"我也这么觉得。自己的身体好像不是自己的一样，好可怕呀！别人常说澄雄你性爱技巧很好吗？"

"那种事，从没人讲过啊！"

树里亚抬起头，好像要确认他有没有说谎一样。"是不是真的呀？我总觉得你好像是很厉害的性爱技巧专家耶！"

"那也只有今天而已，而且我并没有特别做什么呀！"

"骗人。每一次都很特别对不对？"

澄雄伸出手，抚摸着树里亚的头发。明明同样是头发，男人和女人的头发，无论粗细或柔软度，却都不相同。

"厉害的是树里亚吧！我还是第一次碰到以这种方式去感受，并全身去表现出来的人。你才是，大家都说你很厉害吧？"

树里亚咧嘴笑了。黑暗的房里，看得到她白白的牙齿。"哪有什么大家，人数没那么多啦！虽然有人说过没想到我身材很好，但像澄雄这样讲我，还是第一次呀！所以，真正出色的，大概是我们两人的契合度吧！我渐渐觉得，才这么一次就放手，好像太可惜了。"

澄雄抬起头。树里亚看着天花板，不让视线和他交会。

"你从刚才就一直说什么只有一次，什么回到各自的世界去，干吗这样？"

树里亚爽快地说："因为，澄雄和我生活在完全不同的两个世界呀。两人要一起生活下去，是相当困难的事。但如果做爱做得舒服，那就不要只做一次，做个十次好了。"

澄雄抬起上半身，对着闭上眼躺在身边的树里亚说："你这是什么话呀！树里亚不时会讲些大叔般的话呢！"

"本来就是这样呀！我是个打工的，可不是澄雄这种大少爷。稍后我就要回到那个有老头等着的公建住宅去啦！今晚在这个房里发生的事，我大概会当成全是做梦一样，然后睡我的觉吧！"

澄雄紧抱住树里亚，使劲搂住她瘦瘦的肩膀和手臂。树里亚的嘴里冒出了叹息。

"这也算梦吗？我人在这里，树里亚也在这里。为什么要说些我们马上要分开的话呢？我们现在不是生活在同一个时代吗？"

树里亚伸出手，抚摸着澄雄的后脑。她的声音淡淡的，好像只是在确认事实一样。

"你真有一头聪明男孩的那种头发呢！摸起来好舒爽。澄雄，你身处于社会最上层对吧？但我却是在最底层。在上面的人很容易可以搭电梯到下面来参观一下，因为只是往下而已。可是，在下面的人就没办法了，非得要一步一步克服重力才能往上爬。"树里亚为使澄雄的心平静下来，一直抚摸着他的头。"澄雄和我之间，有一道绝对跨越不了的墙。澄雄之所以没有察觉到，是因为你是身处上面的人，而且还是个好人。我们固然生于同一个时代，却不生活在同一个世界。"

澄雄闭上眼听着树里亚的话。夜晚听到的话，不知为何具有大到惊人的力量。为了不输给那种力量，他用力抱住树里亚滚烫的身体。"那，我大学毕业后，也找个公司当合同工，变成打工族好了。只要像树里亚一样，年收入有两百万就行了吧！那样的话，我们就一样了。"

树里亚把手移往澄雄的背部，像哄小孩一样地抚摸着。"你在说什么呀？我之所以做骗人的工作，也是为了要回学校读书、设法从底层逃脱出去呀。澄雄你没必要跑到下面来啊，因为下面根本不是什么好地方。"

"可是……"

树里亚的声音，从贴在一起的耳际传来。那是一股犹如在讲电话似的、直接响到脑子里的声音。"澄雄就在你所在的地方尽力做到最好。我则以我自己的方式设法从底层往上爬。这样子不就好了吗？不要再谈这种话题了啦。如果澄雄你没问题的话，我想再做一次。"

这次，澄雄也一样精神十足地点了点头。"要再做的话，没问题。"

二

　　第二次性爱结束后，两人都累坏了。他们用尽最后一滴能量，然后沉沉睡去。梦中，澄雄察觉到有人的说话声，醒了过来。

　　"澄雄，有朋友来吗？"继母美纱惠的声音从玄关的方向传了过来。他连忙往床边一看，树里亚正微微张嘴睡着觉。墙上的时钟已经过了十一点。澄雄一面摇着她裸露的肩膀，一面压低声音说："树里亚，起来了。我们似乎睡过头了，我爸妈回来了。"

　　听到"爸妈"这两个字，她原本微眬的眼全开了。"……惨了。"树里亚倏地爬起来，收拾着散落在床垫上的内衣，并以闪电般的速度穿上胸罩与内裤。澄雄也套上了拳击短裤。

　　脚步声沿着走廊传过来。"有哪位访客来是吗？玄关那里有鞋子。"

　　澄雄想起在铺着石头的脱鞋处摆着树里亚的凉鞋。那双鞋再怎么看，都不像是男人的吧！

　　澄雄装出若无其事的样子，隔着门出声道："朋友来家里玩，现在正要回去。稍等一下。"

　　美纱惠的声音很温柔。"不用急，没关系呀！"

这个时候，好像要把美纱惠的声音盖过去似的，传来了男人的声音。是父亲弘和。澄雄的背部冒出了冷汗。

"是女性朋友吧？没关系，等一下到客厅来露个脸。你们两人一起来哟。"

澄雄不耐烦地说："知道啦，你们快点走开。会好好去打招呼的！"

他从床上站起，穿上牛仔裤，然后把头套进刚才脱下来的T恤里。这件T恤上，应该没有沾上树里亚的气味吧。

"要是早知道这样，穿个套装来就好了。我现在穿的可是迷你裙耶。"树里亚正穿着内衣在拉牛仔迷你裙的挂钩。

心里焦急的澄雄想道：为何刚做完爱的情侣，光从氛围就能看出来呢？或许是因为散发出一种粉红色的光晕吧！对于被父亲与继母察觉树里亚与自己的关系，他感到心情沉重。

树里亚也套上了T恤，只重新描了描口红。她左右甩了甩头，把头发整理好。"好了，走吧。我已经摆好战斗姿势了。一定得要露出我们完全没做爱的表情才行。澄雄，你也要拿出干劲啊！"

"我知道。"

打开门，进到使用间接照明的走廊上。澄雄率先穿过曲折的走廊。正面的双门磨砂玻璃，就是客厅的入口。在打开沉重门扉的同时，澄雄说："时间这么晚了，抱歉。我们聊得很起劲，忘了时间。"树里亚从澄雄背后露出脸。"这是我朋友，三田树里亚小姐。"

坐在黑色皮沙发上的弘和，仔细端详着树里亚。他身旁的美纱惠站了起来，一面走向厨房一面说："噢，这样呀。树里亚小姐是要咖啡还是要红茶呢？"

树里亚一面抓着迷你裙的裙摆一面鞠了个躬说："我要黑咖啡。我是三田树里亚，深夜打扰，真不好意思。"

弘和无视树里亚的问候说："三田小姐是哪所学校的学生呢？和澄雄是同一所大学的吗？"

澄雄慌张地开了口。这是今天第二次有人问她这个问题了。他总觉得，别人每问一次这问题，树里亚心底的某个地方就会受伤。"不，树里亚不是学生，她工作了。"

父亲的眼睛依然凝视着树里亚，动也不动。他只解开了领带，还穿着西装。那是要价相当于树里亚三个月薪水的高级货。

"冒昧一问，三田小姐多大了？"

这次树里亚先回答了。"二十岁。"

父亲的眼中似乎拉下了铁卷门。看得出他突然对树里亚失去了关心。

澄雄打圆场般地说："她现在在面包公司上班，正准备存钱上大学。"

弘和只是摆了摆下巴。澄雄痛恨起父亲背后的那片东京夜景。

"那很了不起呢！请加油。"父亲丢出了决定性的一句话。

此时美纱惠端着银质托盘来了。"来，坐一下吧。我们家的咖啡很浓，树里亚小姐没关系吗？好了，两个人都别站着，坐吧。"

澄雄与树里亚在弘和对面的三人座沙发上坐下。美纱惠才刚把咖啡杯和咖啡碟放下，树里亚马上将热咖啡喝掉一半左右。"很好喝，谢谢。"

弘和眯起眼说："你们两人认识大概多久了？"澄雄与树里亚

面面相觑。老实讲出来没关系吗？

美纱惠插嘴说道："明明是初次见面，没有必要东问西问的。对吧，树里亚小姐？"

本来以为她会生气，树里亚却微微堆出笑脸说："还不到十天。我和澄雄先生才刚认识而已。"

父亲与美纱惠，是否已确认过浴室是湿的呢？树里亚的话没有停。

"因为觉得很棒，不自觉就跟着他到这种地方来拜访，当了回不速之客，对不起。我现在要回去了。"树里亚把剩下的咖啡喝光，倏地站了起来。"澄雄，再见咯。伯父、伯母，打扰了。我先走了。"

"等一等。不必这么急着走呀。"美纱惠出声叫她，但树里亚的背影渐渐远离宽敞的客厅。

澄雄马上在她身后追了上去。"等一下，树里亚。"他知道父亲与美纱惠也追了过来。澄雄在玄关对着正在穿凉鞋的树里亚说："今天很谢谢你。事情变成这样，对不起。"

树里亚小声说道："没关系啦！睡过头是我自己的错呀。"

赶来的美纱惠欠了欠身说："没能好好招待你，真不好意思。"

"不，没这回事，咖啡很好喝。"

弘和从上衣内袋抽出皮质的黑色长型钱包，打开后取出一万元的钞票，是全无折痕的新钞。

他用指尖挟着钞票，递向树里亚。"时间已经很晚了，女孩子家一个人走路比较危险。今晚就拿这个搭出租车回家吧。"

树里亚从低一阶的脱鞋处抬头看向弘和。她的表情很认真。"谢谢您。但电车还有班次，我也没有理由收这笔钱。我真的要走了，我想我不会再到这个如城堡般的豪宅来了。"

弘和只冷冷地笑着。

"爸，够了，把你的钱收回去吧！"

树里亚打开门。

弘和对着她的背影大声说道："我们家澄雄正处于准备找工作的重要时期。如果你也为澄雄着想的话，请考虑采取不对他造成太大负担的交往方式。晚安。"

澄雄察觉到，树里亚的身体僵住了。她背对着这里说："不好意思。再见。"她碎步离开了铺着白色大理石的玄关。

"你干什么啊！爸！"澄雄如此大叫后，追着树里亚跑到夜晚的外廊去了。

第七章

一

　　自那天起，树里亚就不再发短信来了。

　　这段时间，澄雄多次发出了"拇指短信"。自第一次身体交缠以来，就突然音讯全无，好像肉体的一部分被人家挖走了一样。无论在大学上暑期课程，和朋友在咖啡店谈笑，或是在半夜写报告时，心都会不知不觉飘荡起来，想着树里亚。

　　澄雄至今和几个女孩交往过。不过，倒是第一次以这样的速度与苦闷坠入情网。而且还不是纯粹的"坠入"，而是突然间坠落，就像在没有降落伞的状况下从遥远的空中那么高的地方如自由落体般坠落一样。不知道目的地，也不知道何时会撞击到地面。最重要的是，他连树里亚是否仍想着自己也都不清楚。

　　最让他不解的是，父亲弘和与树里亚竟能彼此了解对方的想法。澄雄与树里亚是生活在不同世界的人，两个人在一起不会有什么未来。在那么简短的交谈中，父亲与树里亚对此就有了共识。这对澄雄来说是个谜。如今确实是贫富悬殊的社会，但日本现在毕竟不是封建制，只要当事人愿意，恋爱和结婚都不会受到阻碍。澄雄一边不厌其烦地盯着没有一条新短信出现的液晶屏幕，一边思考。

忍耐只持续了两天。澄雄在和树里亚首次发生关系三天后，在石川町的车站下了车。正值傍晚时分，车站周围充满蝉鸣声。如果不是这样的心情，或许会是个心情畅快的夏日黄昏吧！但澄雄甚至连海那边吹来的凉风，以及站前商店街的热闹都感受不到。

他坐进在出租车乘车处等着的小型出租车，对司机说："地址我不知道，请你开上那个山丘，从红色天桥下穿过去。"司机刹那间露出了奇怪的表情，但还是按下了跳表的按钮。"过了天桥之后要往哪边弯？"澄雄的记忆模棱两可。上次来时，他在意的不是路怎么走，而是和树里亚牵着的手。

"我记得应该是右边吧。"

出租车在沉默中开动了，沿着河川旁的道路，慢慢爬上通往山丘的平缓坡道。才刚觉得角度变陡了，就看到头上架着一座自己有印象的红桥了。

"应该是右转没错。"

从那儿开始变成丘陵地带，上下左右都有窄路蜿蜒。一看到有印象的便利商店后，澄雄说："请在下一个红绿灯那里爬上山丘。"

为了不忘掉，澄雄读出了写在电线杆上的地址：中区山元町。笔直的坡道通往廉租房。愈靠近树里亚家，澄雄的不安也愈来愈深。如果被赶走，该怎么办？如果对方无视他的存在，或是假装不认识的话，自己一定会深受伤害吧！

灰暗的深绿色房屋沐浴着盛夏时快把人烤熟的西晒阳光，并排伫立在那里。树里亚那种有个性的女孩，却住在好像用同一个模子做出来的房子里，实在是很不可思议的事。

出租车停了，他付了车钱。澄雄在通往廉租房的小巷前方停下脚步。不知为何，他提不起劲走进这片住宅区。海边的风，似乎不会吹到这里来。澄雄只是一直站在那儿，开始了他漫长的等待。

经过约莫一小时，夕阳在山丘顶端的方向沉了下去。等距排列的、照耀着斜坡的老旧街灯，也亮了起来。由于廉租房的窗户里光线微弱，夜晚的道路还比廉租房小区内部耀眼许多。站在街灯造就出来的聚光圈里，澄雄的脚下跑出一个僵硬的小影子。

脚渐渐失去了知觉。不知流了几次的汗水，也干掉了。澄雄虽然觉得发短信给树里亚比较好，但是又怕她出于警觉而逃到别的地方去。再说，他也有点想突然露脸，让树里亚惊讶。

不过，树里亚没有回来。他在栏杆上坐下，并到附近的自动贩卖机买来饮料解渴。

夜色变得更深了，已经没有什么行人了。不变的只有蝉鸣声而已。如果有住户看到自己这样而向警方通报有可疑人员出没的话，也怨不得人家。

快到晚上十点半的时候，昏暗斜坡的遥远下方，出现一个缓慢行走着的人影。是树里亚。澄雄来到这里已经五小时以上，身体就好像成了这个地方的一部分一样，融入了景色之中。默默爬上斜坡的树里亚，只一直盯着自己的脚下看，连头也不抬。搞不好，这是因为她不想看到这些廉租房。

在她走到离自己约两座街灯的距离时，澄雄用力大叫："树里亚！"穿着旧牛仔裤与T恤的树里亚，在另一个聚光圈中停了下来。澄雄凝视着弓着背的她。斜坡的上方与下方。虽然两人之间隔了一段距离，但树里亚这个女孩竟娇小到这种地步，她的身形，甚至可以用"幼小"形容。

"你来啦，澄雄。"那是疲劳而不耐烦的声音。

澄雄的心骤然冷了下去。"抱歉，擅自跑来了。因为我再怎么发短信，你都不回我。"

树里亚微微一笑，像是放弃了一切似的。

在澄雄的眼里，只觉得她的皱纹增加了。"我讲过啦，就好像澄雄你父亲讲的一样，我和澄雄生活在不同的世界。真的，说起来，我们甚至是连接触的机会都不该有的人。"

澄雄很拼命。他不能任由刚萌芽的情感因为大人这种没道理的说法而随便结束。"可是，我们已经碰面了，而且也好好进展到最后一环了，不是吗？我觉得很棒，树里亚也说很好，不是吗？"

树里亚抬头看向澄雄的眼神变暗了。"对于第一次发生关系的男生，我总是会说这种话呀。什么第一次有这种感觉、什么你好棒之类的。澄雄你应该再多泡几个女生比较好哟！"

明知道她在说谎，但还是有一种心头被砍了一刀般的寂寞感。"我那时候讲的话，全部都是真的。我认为树里亚那时也是一样。"

树里亚爬上了最后一段斜坡，看也不看澄雄的方向说："今天我换成晚班，到晚上十点都一直站着工作。我已经精疲力竭了，今天晚上你能不能回家去？"

澄雄想起自己来到这里已经五个小时，以及一封短信也没收到的这三天。"不要。你为什么不联络我呢？在你回信之前，我不回去。"

树里亚走离澄雄几步，停了下来，凝视着澄雄的眼。这是在澄雄房里精神奕奕地散发着光辉的那双眼吗？此刻看起来好像在瓦楞纸板上开的洞一样。这时候，树里亚的表情变得严峻起来，露出讽刺般的笑容道："我知道了。既然这样，待在这里也不是办法，来我家吧！"

令人心情雀跃的一句话。澄雄丝毫不隐藏喜悦地说："真的可以吗？"

"当然！不过会发生什么事我可不管啊。"树里亚穿过澄雄身旁，往斜坡上面爬去。

澄雄连忙追在她身后，对着她小小的背影说："等一下。你为什么突然改变心意？"树里亚的背影散发出怒气。澄雄踩着小碎步急忙追赶着一语不发地朝着熏黑的深绿色廉租房走去的树里亚。

二

　　门一开，树里亚以草率的声音说："我回来了。"

　　"噢。"一阵喝醉了的低粗声音传了回来。

　　今晚树里亚不是一个人吗？

　　她爸爸在家。树里亚踢飞般地脱了凉鞋，澄雄在玄关前端犹豫着，不知该如何是好。

　　"进来吧！之前我和澄雄的爸爸碰过面了。今晚你就见见我家臭老头再回去也不错。"树里亚说。

　　里头的客厅传来大声斥责的声音。

　　"谁是臭老头啊？你这思春的混账。"

　　澄雄心想不能在这里逃回家去，便在狭窄的玄关脱了运动鞋。

　　"打扰了。"

　　上回来这里时，已经知道这个家的构造了。要到树里亚房间去，非得通过客厅不可。说什么都得和她的父亲打照面。澄雄想起树里亚讲过的事，她父亲大骂得了肝癌的母亲是靠人养的废物，还骑到她母亲身上撒野。在他的想象中，对方是一个身材魁梧、野兽般的男人。

"这个人马上就要回去了，我们只是稍微聊聊分手的事而已。"树里亚拉开了格状拉门说。

澄雄正要说"没这回事呀"的时候，树里亚父亲的样子映入了眼帘。

上半身打着赤膊，对着没有收回去的暖桌坐着的，是个瘦小的中年男子。长相和树里亚很相像，五官端正，但脸上带有阴沉的影子与粗鄙感。是因为人的心不管如何隐藏，都会显露在外观上吗？或者，是因为澄雄从树里亚那里听来的各种情节，让他戴起了有色眼镜呢？电视上热闹地播映着体育新闻，是横滨湾星队对巨人队的比赛，似乎横滨队主场获胜。

"打扰了。"澄雄轻轻地点了点头。

树里亚的父亲像是在确认剩下多少似的摇了摇啤酒罐。

"你是大学生吗？"

"是。我叫江崎澄雄，目前正在同树里亚小姐交往。"冷气凉到让人觉得很冷。

对方抬起迟滞的红眼睛，打量着澄雄的全身。视线最后停在澄雄的左手手腕上不动。为祝贺澄雄考上大学，父亲送了他一只劳力士探险家系列的腕表。

"什么呀，是好人家出身的少爷嘛。只是玩玩的话，可要适可而止呀！树里亚从小就思春，你不知道是第几个来这里的男人了。每次我去跑长途的时候，她就可以做到爽啦！"

先进到自己房间的树里亚叫了出来："吵死了！你少在那边满口谎言，臭老头。澄雄，快点过来。"

澄雄在六张榻榻米大小的客厅的暖桌旁斜着身子打算过去时，

树里亚的父亲低声说道："等一下。我可不会把树里亚交给任何人啊！我会一辈子要那孩子照顾我。要找年轻女孩的话，其他地方要多少有多少吧！那种精通性爱、容易配合你，又率直的女人。难听话我就不说了，但是树里亚你就放弃吧。"

澄雄不知道该怎么回答他，打算默默地离开客厅。

"你听好，和那种女生扯上关系，准没什么好事的。"

澄雄伸手去拉树里亚房间的拉门，低头看了看矮小父亲的背部。由于长年以劳动维生，他的背部肌肉如绳子般浮起。

澄雄下定决心后说道："树里亚小姐很棒。虽然我们认识的时间还短，但我很清楚这一点。"

"呕……"树里亚的父亲发出想吐般的声音后，背对着澄雄说："什么呀！你们已经搞过一次了呀。年轻的时候只要上个床就会有这种想法哪！本来只是睡一晚就算，却误把对方当成什么命中注定的对象。这种心态，说穿了只是一种色心而已。"

澄雄觉得，和这个男人讲什么，他都无法听进去，便对着树里亚父亲的背影欠了欠身后，走进里面的房间。

"怎样，现在你相当了解了吧。"树里亚坐在床上，正以不输隔壁房间电视的音量，听着收录式CD机。DJ正以英语快速地滔滔不绝说着什么，接二连三地把流行歌曲串在一起。澄雄只轻轻点了点头。

树里亚耸耸肩道："住在六本木山庄三十七楼的外资银行行长，以及住在横滨山元町廉租房、爱赌博的卡车司机。只要看看我俩的父亲就知道了吧！根本是天壤之别。澄雄和我的身份，没有理由相同啊。"

澄雄对于她爸爸在隔壁房间一事，感到非常不舒服。树里亚的房里也没有自己的容身之处，只能在房中央抱膝而坐。

"那，我问你，树里亚是以什么样的心态和我见面的？"

树里亚转过头说："没有什么特别的想法啊！一方面是因为觉得搞不好可以钓到个凯子，一方面我也想试试有教养的大少爷。因为我的身旁净是一些辍学高中生之类的人啊！"

收音机正在播热辣的舞曲。这是一段令人焦躁的痛苦时光。澄雄双手撑在地上，从正面凝视着树里亚。"拜托你，不要再骗我了好吗？你一开始完全不是这样的态度呀？我很清楚，树里亚是个老实的好女孩。你在交友网站打工，也是为了存学费对吧！"

树里亚眼露怒意，向澄雄瞪过来。"很累耶，拜托不要讲这种半冷不热的事了好吗？我赚钱只是为了玩乐而已。就像臭老头讲的，除了澄雄以外，我还带过好几个男人到这房间来过。我们家附近除了性爱和赌博，就没有别的娱乐了。听懂的话，赶快回到你那三十七楼的城堡去吧！再待在这种地方，贫困的病毒也会传染到澄雄身上哟！"

树里亚突然脱掉了因为汗水而湿透的T恤。这次是洗旧了的米色运动式胸罩。

"还是说，最后你要在这里打一炮再走？就让那个老头听听也不错啊。看看我们俩到底有多享受。"

净是一些在澄雄居住的世界里没听过的字眼。真的有彼此憎恨到这种地步的父女吗？树里亚与她父亲间暴露出的距离感，让他的心快要为之摧折。

"不要这样。今晚看到了树里亚的人，已经够了。我要回去了。"澄雄才坐了几分钟就站了起来。等了她五小时以上，为的只是这样吗？

就在澄雄要走出房间时，树里亚追杀般地说："下次起就不是免费了呢！"

澄雄的心中，有某种东西发出声音断掉了。他猛一回头，犀利地说道："为什么每个人都只会在意什么金钱、地位、差距这种事呢？我知道树里亚是什么样的人。树里亚也知道我是什么样的人。除此之外的事，全都不重要，不是吗？"

刚才还燃烧着怒气的眼睛，渐渐失去了光彩。树里亚的视线往下看去。

"曾几何时，树里亚已经败给这个世界。只知道照着大家的想法去走，舍弃了自己真正想要的东西，也压抑了自己的心情。这么做，真的好吗？树里亚这样就能够幸福吗？"

大大的眼睛看起来似乎膨胀了。下眼睑满是泪滴，看着看着就从脸颊滑落下来。

"这些我全都知道啊！因为我一直都是这样活过来的。我这个人不可能幸福的。可是，澄雄如果不和我在一起，就能够幸福。"令人心痛如绞的一番话。树里亚上半身只穿着内衣，坐到床上继续哭。

澄雄压低脚步声悄悄靠近她，抱住她发热的身体，抚摸她的头。树里亚的头发，略带有一点奶油面包的气味。"没有关系。只要我们在一起，无论什么事都能够克服。树里亚，一定没问题的。"在吊着裸灯泡的寝室里，澄雄就这样抱住了树里亚的身体。树里亚不出声地哭着，只能从短促的呼吸知道她在哭。

"我也很想和你见面啊。可是，我这种人根本配不上澄雄。大学里有很多可爱的女孩吧！从早到晚搅着奶油的女生，根本不是对手吧！"

澄雄在抱住树里亚的手臂上使了使劲。

树里亚深深地呼了口气。

"大家怎么样，都没有关系。世界怎么去划分，也没有关系。只要创造出我俩的形状，那就够了。我们既不必顾虑任何人，也不容任何人说三道四。"

树里亚似乎微微笑了笑。"真的那样就行了吗？在不久的将来，澄雄你会后悔的啊！"

澄雄抱着树里亚，也笑了。"没关系。到那时候我再后悔也行。今晚我真的要回去了，你会再发短信给我吗？"树里亚点点头，在那晚首次狠狠地紧抱住澄雄的身体。

树里亚闭上眼，等着他的吻。澄雄正要吻她而把身体略为分开时，察觉到背后有别人的视线。澄雄头一回，树里亚的父亲在略微拉开的玻璃拉门缝隙中，正偷窥着这里。澄雄的背脊冰凉地颤抖起来。

"我要回家了，伯父。"

树里亚连忙把脱下来的T恤抱在胸前。澄雄站在她父亲与树里亚之间，以遮住树里亚。上半身打赤膊的男人喷了一声，朝洗手间走去。传来冲水的声音。

澄雄低声说："在那个人还没回来前，我要走咯。"

"嗯。"

澄雄几秒钟后走出玄关，树里亚在保持开启的门口挥着手。那是形状全部相同的廉租房中的一个昏暗玄关。澄雄也轻轻挥着手，把已经熟悉的横滨住宅区抛在脑后。

三

　　澄雄是在回东京的京滨东北线收到短信的。在快到末班车的电车的偌大车厢里，乘客就像远离陆地的小岛般零星地坐在里头。

　　　　又要开始互发短信了吗？
　　　　我真的不知道，这么做到底好不好。
　　　　可是，既然澄雄说我们在一起比较好，
　　　　说不容任何人说三道四，
　　　　我决定相信你。
　　　　虽然我是这样一个女孩，
　　　　明天起还是请你多多指教。

　　一瞬间，澄雄又想起在日本的空中飞翔的数千万条短信。每一条短信，或许像树里亚说的那样，都带有温暖的心情。虽然我们每天都被小小的手机所摆布，但这种微不足道的字句，有时候却又会把心与心联结在一起。澄雄反复读了好几次短信后，开始用拇指给树里亚回信。夜晚的列车，飞驶过一旁炫亮的工业园区。

这三天，收不到树里亚的短信，我快要发疯了。

明明才刚认识没多久，

现在我的世界已经以树里亚为中心旋转咯。

或许这个世界真的不那么好，

也不是那么值得生存的地方。

可是，只要有树里亚在，

我觉得无论什么事我都能忍耐，也能够克服。

明天，你也愿意和我见面吗？

只要能和树里亚见面，

无论何地，无论何时，我都会去哟。

　　澄雄怀着祈求般的心情按下发送键，把手机像火把一样对着电车的窗户高举起来。就算发送完毕的符号已经显现在屏幕上，澄雄还是保持着这个姿势。他觉得，这么做的话，好像能够和树里亚联系在一起。短信马上就回过来了。

我也想见你。

明天如此，后天也是。❤

　　两人真正的夏天，正要开始。澄雄双手把小小的手机抱在胸前，任由半夜的电车晃动着。明天就要到了。这班电车是通往明日的希望之车。为了把这样的心情传达给树里亚，澄雄开始在发亮的画面上精心编写短信词汇。

第八章

一

　　早上一起床，手机小小的LED灯就一闪一闪地发着亮。

　　告知着这封短信来自最爱的人的小小灯光，比夏天早晨的太阳还要耀眼。对澄雄来说，一醒来就看到这道光，是一天最棒的开始了。

　　过去的澄雄，过着没有目标的学生生活。他从来不觉得，到大企业工作或从事热门职业，是他人生的目标。照着父亲说的挑选专业，毕业后的人生也没有梦想。就好像借别人的人生来过一样。

　　为什么这样，他自己也不清楚。为什么自己曾几何时已经被同龄的朋友们抛到后面了呢？周遭的人，似乎都忙着拼命凑一种称为"求职活动"的热闹。如果硬要找理由的话，或许是因为小学的时候目击了母亲的自杀。但那样的画面只是很淡的记忆，淡到平常很难想起它来。

　　澄雄保持着刚睡醒的状态，一面在床上看着都心的天空，一面思考着。搞不好是因为自己没有什么未来，也不同于大多数的人，只有一片空白的明天，所以才会画不出将来的设计图吧。不存在的东西，不就无从想象吗？

没有未来。明天是空白的。

澄雄一面笑着，一面想道：这样子也没关系。自己就算没有明天，现在毕竟还有树里亚在。反倒是未来，有没有都无所谓。

人的心，有时候会未卜先知到令人害怕的地步。区区几个星期后，澄雄应该能够体会到这一点吧！

好不容易撑过没有短信的三天后，与树里亚间的关系再次复活了。两人回到每天交换几十条短信的"拇指恋人"状态。树里亚虽仍以派遣员工的身份在面包工厂工作，但只要时间一容许，就会与澄雄一起度过。

早班的工作一结束，她会直接出门见澄雄；如果上晚班，她会牺牲睡眠时间白天约会。澄雄正在放暑假，生活步调几乎都配合树里亚。虽然是日夜颠倒的生活，但一想到可以和树里亚见面，就不觉得辛苦。

两人每次碰面，都会聊很多，等到心中满是彼此讲的话后，就开始把身体交叠在一起。

对话与欲望，都永无止境。只要双方待在一起，就会涌出无限的新念头与想法。再怎么连在一起，都不会有完全满足的时候。两人陶醉在首次认真相处的恋爱中。

对于过去觉得活着很无趣的澄雄而言，从没有过新鲜到这种地步的每一天。世界在以树里亚与自己为中心旋转。社会上的一切就像旋转木马的景色一般，匆忙地飞逝而去，不过是区区的背景而已。在绝对不会动摇的世界中心，自己和对方只要凝视着彼此，就能够安安静静地活下去。

那一天，树里亚是晚班。工作开始于晚上，结束于早上。下午，她其实应该先睡一觉，两人却待在澄雄大学的图书馆里。澄雄在那儿准备第二学期的考试，树里亚则准备着高中毕业同等学力资格考试。

即便如此，澄雄多半时间还是在桌上托着脸颊看着拼命记笔记的树里亚的侧脸。对于大学的考试与成绩，他从入学开始，就完全不关心。

树里亚停下了紧抓住自动铅笔的手，抬起头向他咬耳朵说道："你从刚才起就光看我这里耶。这样我会分心，拜托你不要这样。"

阅览室里充满着图书馆特有的那种低声噪声，到了不定神细听就会听不见的地步。

澄雄也放低了音量说："对不起。我觉得你很可爱，眼睛好像离不开你了。"

树里亚扑哧一笑，但马上回到认真的表情。"你听好。到明年春天之前，我应该可以存到足够的学费了，但考试如果没过，也一样无法报考大学入学考试。你是要我一辈子做奶油面包吗？"

"我没有这个意思，是眼睛自己擅自去看你的。一定要说的话，我觉得是树里亚的错。"澄雄轻轻拍了拍树里亚的肩说："把耳朵伸过来一下。"

树里亚把身体靠向坐在身旁的澄雄，距离近到呼在耳上的气息让她觉得很痒。

"昨天晚上做了那么多，现在我又觉得想要了。"

脸颊泛红的树里亚丢下自动铅笔说："你和我讲这种事，我就没办法准备考试了！你这样会吵到我，到那边的桌子去吧！我也很想要，但只能忍耐着背英文单词。"

"好好，我知道了。你就好好用功吧！我到那边去读点书。"澄雄拿着几本资料，移动到隔了两张桌子的座位去。

树里亚又回头去写笔记了。偌大的阅览室里，充满空调的冰凉空气。桌子只坐了一半而已，大概是外县市来的学生放暑假都回老家去了吧！

看了几页经济学书，可内容完全无法进入澄雄的脑子里。眼神不知不觉已经飘荡起来，找寻着树里亚的身影。为什么一个女性看起来可以迷人到这种地步呢？澄雄自己也不清楚。只是，一回神，才发现自己正在仔仔细细地依次观察着树里亚的脸、头发、肩膀、胸部，以及不知道在写什么的手了，好像在解剖一样。再怎么盯着她看，还是无法解开女性这个谜。

几分钟后，树里亚抬起头，生气似的盯着澄雄站了起来。她是要做什么呢？树里亚鞋跟发出声音，往澄雄这桌走来，从头上悄声说道："被你这样看着，我变得好想要。来吧！"

树里亚牵起澄雄的手。两人钻进谁也不会前来的开架式图书馆深处。就在旧书与灰尘的气味中，两人紧紧拥抱、接吻。

那是在最后一个夏天里，两人交换的无数亲吻中的一个。然而，一次的亲吻，就能展现出恋爱的全部。无论对树里亚还是对澄雄来说，对方的吻都是有生以来最棒的东西，也是一种超乎自己原有想象的行为。

二

　　夏天的阳光西斜到楼群的时候，两人走出了大学的校门。还留有白天热气的风，舒服地吹着他们的背。

　　树里亚伸着懒腰说："为求能够上这所学校，我会努力准备考试。"

　　"很不错呢。那样的话，我们就能每天约会啦！"

　　树里亚蹙眉道："我可不会像澄雄那样随便乱逃课哟。我有很明确的目标。"他知道树里亚想上大学，但倒是第一次听到她接下来的目标。

　　"啊，这样呀。"由于澄雄自己没有目标，他很爱听别人诉说梦想。一群穿着运动夹克抱着网球拍的人，露出难受的表情跑了过去。

　　"我讨厌那个家。所以，我希望有一天能到国外去工作。只要足以让我一个人生活，做什么都好。不是面包工厂就行了。"树里亚露出自嘲的笑容。

　　澄雄看着走在自己身边的这个娇小的同龄女性——等一下，她要去付出劳力工作到早上。相对于她，自己明明所有条件都具备，却没能好好运用，既无意学习，也没有生存目标，甚至没有半点找工作的打算。

"和树里亚比起来，我这种人完全不行呢！"

树里亚迅速转头看向澄雄，生气般地说道："没有什么完全不行这种事呀。你只是现在感到迷惘而已吧！澄雄一定会找到好工作。干大事的人，必须花费更多时间。"这个人为何积极向前到这种地步呢？澄雄有时候会觉得，树里亚是如此耀眼。明明她的环境和条件远不如自己，却给了自己生存的力量。

"这样的话，树里亚到参加大学入学考试之前走过的弯路，也深具意义呢！"

树里亚耸耸肩，别过头去。"我只是纯粹贫穷而已，没有什么意义。对了，陪我去银行一趟吧，我要去交手机费。"

两人往位于青山通的都市银行而去。附近虽然有其他银行的自动柜员机，但因为提款要手续费，所以树里亚只用自己账户所属的银行。

"我觉得走路过去所花的时间反倒比较可惜啦！"

树里亚无视澄雄的话，快步往前走去。人一旦有钱，不知不觉就会花掉，因此树里亚一向都只带一点钱在身上。一有大笔收入进账，她会马上存到银行里。

银行装的是画有蓝色线条的玻璃自动门。一进到银行里，给人疏离感的冷气就迎面吹来。

"你在这里等我哟。"树里亚迅速往自动柜员机走去。约莫十台左右一字排开的机器，约有一半站着弓背的客人。

澄雄把视线从取钱的树里亚身上移开，隔着窗户看向夏天的草木。榉树的枝头宛如满溢生命力般地长出满满的绿叶。

"这怎么回事！"传来不寻常的叫声，是树里亚的声音。语气听起来很空洞，好像血液从心脏漏出来了一样。树里亚手里拿着明细表，摇摇晃晃地朝这里走来。

澄雄快步走到她身边，他很担心树里亚会不会要昏倒了。

"怎么了？"

树里亚递出还有温度的纸片。"你看这个。"

澄雄接过它，浏览起上头的蓝色数字。

72311*

"这个余额怎么了吗？"

树里亚原本一直紧咬着嘴唇，此时她张开渗血的双唇，硬挤出声音道："我原本有近两百万的存款。那是我在面包工厂与交友网站拼命工作才存下来的。明年的入学考试，还有大学学费，这下全都泡汤了……"杀了人的人，表情或许就像这样吧！树里亚的脸色发青，唯有眼睛与嘴唇变得红通通。澄雄依然未能充分了解事态。

"可是，为什么树里亚的钱会被取走呢？"

树里亚犹如发烧到神志不清般地回答道："……那个臭老头啦……那家伙拿了我的存折和印章……连女儿存的学费都敢拿……我饶不了他……"树里亚在银行冰凉的空气中大步迈出步伐。自动门一开，盛夏的热气与蝉鸣声又回来了。树里亚僵硬的背影正朝通往地铁的楼梯而去，澄雄在后面追赶着她。

三

在到达横滨前的一个多小时里，树里亚几乎没开口，只以尖利的眼神瞪着窗外流过的景象。澄雄取消了晚上与朋友的约会，和树里亚坐到同一个车厢里。不能让她一个人和她父亲碰面。看她的样子，搞不好真的会杀了那个男人。

到达JR石川町站后，两人默默爬上斜坡。树里亚好像抱着炸弹一样，抱着装有考试参考书的书包。人肉炸弹——澄雄的脑海里浮现出恼人的字眼。从车站到廉租房小区为止，走路大约十五分钟左右，但澄雄从未体验过漫长到这种地步的十五分钟。树里亚一面愤怒地发抖，一面从红色天桥下穿过，朝着夏日燃烧般的黄昏天空下走去。

他们爬上了山元町的山丘的最后一个斜坡。斜坡上方，黑黑的廉租房如剪影般嵌在那儿。澄雄下定决心后说："你打算做什么？"

树里亚缓缓回过头来，露出水洼般无表情的脸色说："你还在呀？这和澄雄没关系啊！你回去吧！"

澄雄抓住树里亚的手，她的手冰到让人觉得是不是血脉不通。树里亚如抖飞脏水般地挥开澄雄的手。"放开我啦！等一下我要做什么，和澄雄你没关系……那个老头夺走了我重要的东西，因此我也要破坏那男人的珍贵之物……做这件事的场景，我不想让澄雄看到……"明明是手一伸就能触到的距离，树里亚却仿佛身处于遥远的另一方。两人好像在出声向大河的对岸说话一样。

即便如此，澄雄还是试图说服她。"不可以。我不知道你要做什么，但肯定是危险的事吧！请你住手，这是比任何人都珍惜树里亚的我所说的话，希望你能听进去。"

树里亚的眼神还是一样坚定而澄澈。晚风吹着她的头发，遮住了她的一只眼睛。"……等一下我要变成恶魔了……我不想让澄雄看到……你从这里回去吧！"

澄雄站到了突然变得不认识的树里亚前面。他叉开双腿，强忍着想从现场逃跑的心情。

"无论树里亚变成什么样的怪物，我都要陪你。这样吧，我们去找你爸吧！我也有话想和他说。"

树里亚露出略显讽刺的笑容。"我可是没什么话和他说。"两人就这样走进小区里。点着凄凉蓝色日光灯的家家户户，静得好像没人居住一样。

玄关凌乱地丢着一双鞋跟穿坏了的男式运动鞋。树里亚光是看到它，脸色就变了。

"……"她无言地进入家里，用力拉开隔在厨房与客厅间的拉门，玻璃顿时发出声音。树里亚的父亲正伸腿仰卧在没收回去的暖桌旁。大约有四个捏得变形的啤酒罐散落在地上。"干吗呀，吵死人了。你这样也算女生吗？"男人僵着表情注视着棒球转播，如此说道。他细瘦的上半身打着赤膊。

"小偷！你不是人！那笔钱是我为了升学而拼命存起来的重要的学费。为什么要把女儿的钱偷走？"

树里亚的父亲没有改变姿势，也无意与她眼神相对。"吵什么吵！也不想想是谁把你养大成人，给了你这种身体的啊！不要因为那点小钱就啰啰唆唆的，难道你忘了父亲的恩情吗？"

树里亚一脚踢翻了暖桌。四脚朝天的暖桌内部，电线如内脏般垂悬着。父亲躲到了橱子旁。

树里亚大叫道："既然是小钱，现在马上还我啊！那笔钱不光是钱而已，而是我赌上未来，赌上一辈子的身家性命。"

父亲瞥了一眼站在玻璃门阴影处的澄雄。"吵死了，反正你只是想找间大学，进去到处找年轻的小白脸玩玩而已吧！女人不需要什么学问，像你这种头脑不好的女儿，只要一直待在我身边照顾我就好啦！先把打扫和洗衣服做得好一点再说。"

树里亚完全不理会父亲的话。"那笔钱怎么了？你还没全部用掉对吧！"

父亲的眼睛偷瞄了一下装设在房间天花板一隅的神龛。树里亚没有看漏他的视线，她冲过去把犹如扑克牌般的纸券抢了过来，仔细看了看。树里亚把它们摔在地上说："我的钱，你分明全都拿去买马票了！"

父亲把马票集合在一起，一副珍惜的样子抱在胸前。"没问题啦。后天的比赛中，这东西就能赢钱的。是赌马的朋友给我的情报，错不了的。"

树里亚大大地张开双腿，挡在瘦小男人的面前。

"你真是烂透了。领到妈妈的人寿保险金后，你不也是像这样孤注一掷吗？结果全都败掉了。看看你自己的德行吧，你的人生一直都是一败涂地。后天的赌马，你一定又要输了。那笔钱明明是我为了离开这条属于败家之犬的街，才努力存起来的。"

树里亚的父亲，视线稳定了下来。他露出苍白的酒醉脸色，唯独眼白又红又浊。"开什么玩笑，你以为你是谁？如果我是败家之犬，你不就是败家之犬的女儿吗？你一辈子不要想离开这里了，我不会答应的。在这里过最下等的生活，才适合你呀。那种钱我帮你用掉，你应该感谢我才对。"

树里亚的背部在澄雄眼前开始颤抖起来。"不可以，树里亚！"

树里亚回过头来向厨房走去。她打开水槽下方的门，从菜刀座中抽出一把厚刃的菜刀，用双手固定在腹部前面。

"你不是人，我要杀了你！"

树里亚的父亲胸前抱着马票，退到柜子的地方。树里亚站在他面前，放低身子拿菜刀摆出攻击的姿势。

打赤膊的男子流着汗说："如果杀我可以让你好过，你就杀吧！不过，要是你真的杀，你也完蛋了。你觉得像那边那个少爷一样的男人，会想要和有前科的女人在一起吗？杀了我，就等于杀了你最重要的未来一样。"

树里亚再也忍不住泪水。她放声大哭，既无法挪动菜刀，也无法伤害父亲。她对着窗户丢出菜刀，窗户的玻璃出现裂痕，刺入玻璃一半左右的凶器卡住了。趁着父亲的视线移动的空当，树里亚抢走了马票。

"别闹了！"树里亚把马票一张张撕掉。父亲连忙阻止，但树里亚完全不收手。她一直撕，一直撕，撕到这些厚厚的纸无法回复到原本的形状为止。

"干什么你！"父亲伸手要去打正在哭的树里亚。

澄雄全身扑向男子的右手。"住手，你知道自己做了什么吗？"

喝醉男子的身体突然失去力气。树里亚的父亲当场颓然坐下，喃喃般地说道："我明白得很。我当然明白得很。但我怎可能让这家伙去上什么大学？我绝不让她去外面。"树里亚的哭声变得更大了。虽然天色已暗，蝉声依然如阵雨般从廉租房背后的树上传来。

树里亚的父亲对澄雄说："你回去吧。"

四

　　那一晚，树里亚向面包工厂请了假，也没有回家。她在港见丘公园的展望台旁边迎接黎明的到来。一整个晚上，树里亚谈的，是父亲与自己之间的一些记忆。

　　澄雄躺在长椅上，一面看着夏日的夜空，一面听树里亚讲的话。他时而点头，时而插话，不断展示出自己的兴趣。那是个永无止境的悲惨故事。故事诉说的是，当世界以惊人的力量撕裂成两半时，下面那一半所发生的事。

　　母亲因病去世后，父亲与女儿间只以憎恨彼此联结。父亲总是在树里亚想要挑战新世界时，把刚萌生的嫩芽摘掉。从展望台看到的横滨港的黎明，极其美丽。无数的仓库与办公大楼、码头的货船与桥式起重机、高速公路的高架线，全都沐浴在玫瑰色的光线里，肃穆而庄严。

　　树里亚的刘海随着晨间的风飘动。她抱着膝，对着海的方向而坐。

　　"我要和那个人结束一切关系。就是因为和他住在一起，我才会沉沦的。今天起，我要离开这里。"

　　澄雄悄悄看着她那泪痕已干的侧脸。

"这样啊……"

树里亚似乎偷偷在取笑自己。"钱再存就好了。我想离开横滨，在东京开始一个人的生活。花几年时间都没关系，我就是要逃出那个人生活的世界。"树里亚从俯瞰港口的展望台旁边站了起来。她挺起胸，迎向风。"我绝对不要变成像那个人一样，也不会像我妈那样服侍那个人。我要以自己的双手开拓新世界，也要和真正爱我的人、珍惜我的人一起生活。"此时，树里亚转过头来，露出又哭又笑的表情凝视着澄雄的方向。她的后背沾满灰色的泥灰。

"我问你，澄雄。我变得幸福应该没有问题吧？"

澄雄什么也没说，点了点头。他站了起来，爬到树里亚身旁，迎向风。"没有人会阻止树里亚变幸福。你已经自由了。学费我们一起赚吧！我也去工作。"经过一整夜，澄雄第一次紧抱树里亚。在那之前，他一直害怕某种事的发生，连一根指头都不敢碰她。

"谢谢你。不过，澄雄一定要好好找到自己的工作才行唷！不可以只是为了配合我的步调。否则，大家都会很快往前走掉了。"

"我知道。可是，树里亚不是说，就算花再多年也要追上大家吗？我也会和你一起跑的。"树里亚流下泪来。澄雄很开心，因为她这不同于之前因为父亲而流下的泪。

两人背对着黎明的港口，变成了一幅彼此亲吻的小剪影。那是好长好长的一个吻。澄雄与树里亚都没有察觉到，自己很幸福。

下一次两人再于黎明时接吻，会是他们在地上度过的最后一个早晨了吧！

第九章

一

决定搬出来住的树里亚，发来的短信竟格外阳光。

在港见丘公园迎接早晨的两天后，澄雄正在读短信，地点是从六本木山庄通往地铁的下行手扶电梯上。热度丧失的盛夏阳光，透过Metro Hat的淡蓝色玻璃屋顶照了下来。戴着太阳眼镜看到的液晶画面上，是一个个充满精神的文字。

> 那个吝啬老头不可能把所有钱都花在赌博上。
> 一想到这一点，我就去逼问他。
> 太幸运了！
> 虽然不到原本的一半，但还是收回一笔金额（笑）。
> 我打算拿这笔钱租房子。
> 如果澄雄有空，就陪我去找不动产中介公司吧！
> 明天我是晚班，我们早上出动。

澄雄微笑着读了这条短信两次。他站在地下通道，靠在某家航空公司的广告牌上，动起拇指。海边的游泳池里有个身材很棒的泳装女生正对他招着手，说这里是人间的乐园。

> 等一下我要去参加兼职的面试。
> 树里亚所租的房子，
> 我想我也一直会泡在那里吧！
> 就当成是住宾馆的钱，也让我出一些房租吧！
> 那，明天横滨见。

澄雄要前往的是一家位于涩谷、定期开业的餐厅。他要应征的是服务生的工作。在网络上找到的这份兼职，好处在于工作时间可自主决定，以及时薪还不错。他关上手机，雀跃地朝着车站检票口走去。这时，牛仔裤口袋里，小小的电子机器振动起来，告诉他收到了短信。他马上打开读起短信。

> 我正忙着找工作。
> 一会儿，我和一个我们大学毕业、
> 在报社的政治部工作的学长有约。
> 说真的，我觉得很紧张，
> 但还是勉强自己要把干劲展现出来。
> 澄雄打算找什么工作？
> 有意要找的话，我们一起奋战吧！

是大学里的朋友金子卓介传来的。那家伙想干媒体业吗？一定会有数不清的竞争者，面试什么的很辛苦吧？大学三年级的夏天，差不多也是就职活动渐渐步入正轨的时候了。此时开始到大四的春天为止，差不多就要决定一辈子的职业生涯了。才找了几个月的工作，对于自己一辈子的职业以及未来的希望，又能够弄懂多少呢？

不过，澄雄还是对朋友惦记着他感到开心。他再次在冷气很足的地下通道停下了脚步。背景是准备在都心某处兴建超高层大厦的广告。那张耀眼的夜景照片，澄雄早已看惯了。

明明大楼只要很短的时间就能盖起来，为什么度过今日、寻找明日，会是这么辛苦的一件事呢？澄雄慎选着字眼，写下"我不参加招聘"一句话。他原本就知道，总有一天自己会从周遭朋友的队伍中脱离。与树里亚相遇后的此时，一定就是时候了吧！

已经没有必要勉强自己装作和大家相同了。很不可思议，澄雄的心里感到十分舒畅。

二

　　两人前往的是位于横滨元町的不动产店。即便要搬出父亲住的廉租房，还是不能离树里亚工作的面包工厂太远。玻璃橱窗上贴着许多租房广告，树里亚向前屈身，一张一张确认。

　　"从石川町站步行四分钟、附一个小厨房，五万五千元……离车站近，其实还不坏。"树里亚已经在笔记本上列好了几个候选的房子。

　　外面酷热难当，澄雄擦去额头的汗水说："既然不坏，要不要进去问问他们？总要实际看看房子，才能够租嘛。"

　　"说得也是呢！"玻璃门上也贴满了租房广告。门一开，过强的空调冷气与高中棒球的欢呼声包围了他们的全身。柜台那头，腹部圆圆地往外突出的中年男子，一面扇着团扇，一面出神地看着电视。男子看也不看他们说："欢迎光临。"

　　树里亚似乎很火大，发出声音把肩包放在柜台上。"我在找房子。"不动产中介商总算往这边转头了。

　　"啊，不好意思，现在九局下满垒。那，你们有什么喜欢的吗？"毫无干劲的应答。

树里亚瞄了澄雄一下说："石川町步行四分钟的那个。"

男子一点歉意也没有地说："啊，那个已经有人租走啰！"

由于对方的表情毫无变化，澄雄明白了。贴在外面的全都是条件好的房子，像是广告般的东西吧。那只是为了让客人走进店里的诱饵而已，不是实际要介绍给客人的房子。

"那，请在这张纸上写下住址、姓名、联络方式。小姐，你是学生吗？"

树里亚摇摇头。

"那，请写下公司名。"男子马上又转回去看电视了。

树里亚用唇形说："讨厌的家伙。"澄雄笑着点点头，打开放在柜台上的档案夹。便宜的房子从三万元左右起跳。

他想着自己所住的六本木山庄的那栋楼，外资投资银行提供给父亲的房子，月租不下三百万元吧！他记得父亲弘和每个月只付三万元左右而已。那是公司福利的一部分，房租全由公司负担。在住的方面，这个时代的贫富差距一样明显，犹如深不见底的溪谷一般。条件好的人，在各方面条件都好；条件差的人，则样样差下去。澄雄一面翻着档案夹，一面深深感叹自己生活的这个时代之悲惨。

中介商开的是一辆旧款的丰田。短绒材质的座椅沾有烟味。男子带他们去看的不是橱窗上贴着的房子，而是位于石川町与元町的三个单间公寓。他们依次一间一间看。

最先造访的是建在元町商店街入口附近、贴满瓷砖的中层建筑。原本白色的瓷砖，因为车子的废气与雨渍而蒙上一层灰色。他们搭乘小小的电梯上到三楼。

"来，就是这间。"没干劲的中年男子把电闸往上扳起，日光灯亮了起来，狭窄的房间唯独中间的部分变得明亮。树里亚打开纱窗，让空气流通。墙面贴着白色壁纸，地上是灰色的地毯。略带一点发霉的气味。

树里亚的视线落在手中的广告传单上。"这样要价居然六万三千啊？还是橱窗介绍上的房子比较好耶！"澄雄戳了戳树里亚的肩，把她拉到外头。两人一走出满是尘埃的阳台后，关上纱门。

"你听好，那面墙上的广告，全都是假的啦。每个房子的实际状况也都远不如传单上写得那么好。"

"我知道。总觉得租房子好辛苦哦。这样子好像在和别人说'我每个月最多出得起这么多'。"

澄雄也点头同意。手头不宽裕的人得全额照付，手头宽裕的人却可以不用付。这个世界整个倒过来了。"可是，既然一开始就先带我们到这间房子来，我想这里可能就是基准吧！下一个要去的地点，似乎也不太能够期待。"

"对呀。总有一天，我要在能看见大海的山坡上买高级公寓，这样就不必再找什么房子了。"

玻璃窗的那一头，中年男子正拿着松垮垮的旧手帕擦着汗。树里亚对着那个男人露出微笑。"好像蟾蜍哦。"

澄雄也对男子装出一副人很好的表情。"真的。那家伙如果以为可以把树里亚的钱收进口袋，会很失望的。"两人回到室内，检查有没有看漏之处，虽然那间房子原本就没有什么无法一眼看出来的部分。

他们接着前往的，是离车站达十几分钟、位于绿化带间的公寓。月租五万元左右，很便宜，但由于是位于一楼北面的房间，白天的光线也很昏暗。脚一踏进去的那瞬间，澄雄就知道这里不行了。他一看，树里亚一样摇摇头。

最后是石川町站后方。这里离车站不到两分钟，还是新建的。不但有自动锁，还附录放机。地板也是亮晶晶的木头地板。大小与第一个单间公寓差不多，大概是七张榻榻米左右吧！

树里亚遗憾地说："这里很好，但超过预算了呀。"房租比第一间房子还贵一万多元。

澄雄说："可以把我出的份也加到预算里啊！"树里亚在他耳边问："大概多少？"澄雄伸出三根指头。只要当成是每个月上四次宾馆的钱，其实不那么贵。剩下来的打工钱，要准备给树里亚升学用，两个人的生活应该也需要用到。澄雄在心中悄悄下定决心，等大学毕业后要和树里亚两个人生活。他计划今后一直继续打工，不打算找正职。他想，要是找到什么自己真正想做的工作，到时候再进公司吧！在好人家毫无拘束地长大的澄雄，无忧无虑地如此想着。

树里亚蹙眉陷入思考。

"那，就租这间吧！"

中年男子似乎很吃惊。他大概原本以为，双方能够谈成的就是最先介绍两人前去的那里吧。他的表情突然开朗起来。"真的是很好的决定。我很推荐这里。"他从手上拿着的档案夹中取出几张文件，交给树里亚说："那么，就先帮你们预留。你们等一下有空吗？回到办公室后，还有一些必须请你们填写的文件。"

树里亚点点头，对澄雄说："全部弄完后，在我去上晚班前，要不要去吃点好吃的？这是我有生以来第一次一个人生活哟。一想到能够彻底从那个老头身边逃走，我就开心到不行。"

澄雄也笑了。他想起树里亚丢出菜刀时的表情。这对父女能够一起生活到今天，才更叫人吃惊。

"很好啊！我请你吃好吃的意大利面吧！"

"我想吃烤肉啦，盐味生牛肉之类的。"

就在两人不约而同发出笑声时，树里亚的手机响了。把耳朵凑到翻盖手机上后，她的表情如暴风雨的天空般暗了下来。

"……真的吗？"树里亚的脸上渐渐消失了光彩，好像浇了水的木炭般，渐渐变干成为灰色。"……我知道了，马上过去。"以严肃的表情讲完这些话后，树里亚对不动产中介商说："我有急事，下次再去你们办公室。"

"怎么了，树里亚？你脸色苍白。"

树里亚痉挛般地笑了笑说："老爸病倒了，说是脑出血，好像今晚就要动手术。"

三

　　那是一家位于鹤见的急救医院，出租车如追逐夕阳般急驶。澄雄在后座一直抓着树里亚冰冷的手。得知事态的司机全速在大路上钻来钻去，但他们还是有一种一直卡在塞车长队中的感觉。

　　出租车的门还没全开，澄雄就跳出车子。树里亚跟在他后面。他们穿过自动门，朝医院一楼的柜台走去。穿着白衣的事务员指向右方，说在白色瓷砖的走廊尽头一右转，就是急诊治疗室。树里亚与澄雄手牵着手飞奔。在光线昏暗的走廊上，有几个男女坐在长椅上压低声音说着什么。

　　"姑姑。"树里亚小声叫道。

　　穿着短袖的中年女性抬起头，长相和树里亚的父亲很像。

　　"树里亚，事情严重了，说起来……"

　　"我爸他怎么样了？"

　　姑姑的身后，一个打着领带的男子站了起来，一面递出名片一面说："我是赤道运输公司人事部的坂口。令尊在结束长途工作后，正要离开公司时昏了过去。我们直接叫救护车把他送到这家医院来。计算机断层扫描的结果，似乎是脑出血。由于要做更详尽的检查，院方说正在准备核磁共振。”

树里亚全身的力气似乎渐渐消失，她看起来比原本瘦小了一圈。澄雄注意到，从她的迷你裙露出来的、形状姣好的腿，此刻正微微发抖。

穿西装的男子低声说："这件事有点难以启齿，敝公司经过了解，令尊是在结束工作后倒下的。不过，他这三个月来，并无过重的勤务安排，因此很难想成是过于劳累而导致发病。"

澄雄很清楚，这个男的很想早一秒离开这里。公司是为了想要婉转传达"公司那边没有责任""对于劳保不要太有期待""不要诉诸麻烦的诉讼"等意思，才派他到这里来的。

这时候，走廊上传来护士的声音。"三田先生的亲人，在吗？"

男子露出松了口气的神情说："那么，我先告辞了。如果有什么我们帮得上忙的地方，请打电话告诉我们。"树里亚失魂落魄地仍拿着名片站在那里。

在护士的带领下，两人被带到位于病房对面、会议室般的房间。房间的右方摆着白板，中央还有一张大桌子。围着桌子的钢管椅摆得乱七八糟，已经到了毫无条理的地步。树里亚与姑姑一坐下，年轻医师马上就进来了。白大褂的前方没有扣起来，里面穿的是扣领条纹衬衫。

"我是吉见，请多指教。三田先生的问题出在右脑这一带。"医师头一转，在白板上画了一个水煮蛋般的圆，以直线分为两半。他在右半部的中心地带，画了几个黑色的圆点。"小脑附近的血管破裂，形成血肿与血块。目前仍在继续出血，脑内的压力很高。目

142

前给他使用了降血压药与使血管收缩的药，但还是必须紧急动手术去除血肿才行。”

树里亚只是静静地呼着气而已。没有任何人讲任何话。

吉见看了看姑姑的方向说："您是他太太吗？"

"不，我是他妹妹。这孩子是三田丰的独生女，我哥的太太在很久以前就去世了。"

年轻医师点点头。"要是时间充裕，我们会提供更详细的数据，并向各位提供第二种选择，但为求保住性命，还是需要尽早进行开颅手术。"

此时，树里亚第一个开了口。

"我父亲有意识吗？"

吉见淡淡说道："送到这里来时就没有意识了，目前尚未恢复。"

"我知道了。那，要由我来决定对吧？"树里亚的脸色很苍白，但背挺得很直。

医师只点了个头。

"那，请帮他动手术。"

医师用力点了头。"日后我们会再做更详尽的说明，不过以三田先生的状况来说，即便手术成功，仍有很大的可能在左半身留下后遗症。不光在运动方面会有障碍，也可能会出现失语症或情绪不稳定等症状。这种病在术后的恢复很辛苦，全家人通力合作协助他痊愈吧！"

他是个盗领女儿银行存款的父亲，全家人要如何通力合作呢？澄雄把这讽刺的想法沉到自己的心底去。好不容易斩断与父亲的缘分，正要展开独身生活时，父亲却又以这种方式把她绑在家里。树里亚的心情，不难想象。

医师晃着白大褂的衣摆走出了房间。

姑姑小声说："这位是？"

树里亚失魂落魄地回答："江崎澄雄先生，是我的朋友。"

姑姑只瞄了澄雄一眼，又小声说："要动手术、要住院，还要做康复训练，对吧。树里亚，钱的方面你没问题吗？保险不会全额给付哟。"

树里亚的视线缓缓移动到坐在旁边的澄雄身上。"两个人共同生活，毕竟还是梦想啊！我老爸几乎没有什么存款，负债倒是很多。那些钱，全部都会消失在这家医院了吧！"那是树里亚花了两年时间不停在面包工厂打工，以及在交友网站假扮角色，才存起来的，是她为了上大学才咬牙赚来的资金。树里亚露出凄凉的笑容说："我一辈子都会待在最底层了。每当我想要在楼梯往上踏一步时，就会有严厉的惩罚加在我身上。澄雄，这就是我的命运吗？为什么神就只会这样坏心眼呢？"

澄雄也只能麻木地凝视着微微一笑后落下泪来的树里亚了，他无言以对，也无法陪她流泪。眼前所发生的事，既残酷又悲惨。

树里亚没有办法抛下左半身变得不自由的父亲吧！那个男人也不会因为生了大病，性格就因而改变吧！澄雄想象着横亘在这对父女面前如荒野般的岁月。有没有什么自己能够做的事呢？澄雄说出口的，只有一句话而已，而且是连自己也意想不到的话。

"树里亚，等我大学毕业后，我们结婚吧。"树里亚的表情好像冰块缓缓融化了一样，泪水倍增。她无视滴到T恤胸部的泪水，一直哭。

"谢谢你，澄雄。你能够这样和我说，我真的很开心。可是，这件事是办不到的。我不想成为你的累赘。我无法想象带着老爸和澄雄一起生活……但还是谢谢你。"

树里亚的身子靠向澄雄。姑姑一脸摸不清状况的样子，茫然地凝视着两个年轻人。澄雄只悄悄地紧抱住树里亚冰冷得吓人的身体。

两人到达医院三小时后，树里亚的父亲开始动紧急手术，那是长达六小时的大手术。手术完成时，已是半夜。姑姑为赶上最后一班公交车，离开了医院。

树里亚与澄雄在手术室外坚硬的长椅上牵着手，度过了漫长得没有尽头的时间。深夜，一张附有小轮子的病床从手术室推了出来。树里亚的父亲头上包着布沉睡着，泪水从他闭着的眼睛往耳朵的方向流。

年轻医师说："手术很成功。破裂的血管已经封住，血块也取掉了。不过，到恢复意识之前，还不知道会有什么样的后遗症。今晚辛苦你们了。"

"很谢谢您。"

树里亚与澄雄深深鞠了个躬。但澄雄的脑中，有许多字眼萦绕着：后遗症、康复训练、住院费、手术费、看护……净是一些让人脑眼昏花的字眼。其中，只有一个词闪耀着光辉。

两个人的未来。

然而，累坏了的两人，完全没有察觉到，两个人的未来正急速消逝。

第十章

一

　　澄雄与树里亚在加护病房外放着的坚硬长椅上度过了夜晚，那是长到让人觉得像是永远的一个晚上。树里亚似乎完全没睡，澄雄在黎明时分小睡了两小时左右。灿烂耀眼的夏日早晨。无人的走廊上，炽热的阳光斜射了进来。世界就好像什么也没发生似的，迎接着忙碌的一天。这一点，在医院之内也是一样。白饭、烤鱼与炖菜等早餐的气味飘了过来。

　　"你不饿吗？"澄雄出声问道。

　　树里亚抱着双膝，在长椅上弓着背。她的眼睛空洞地凝视着医院的白色墙壁。"完全不饿。澄雄，你饿了的话，可以到餐厅去吃点什么再回来。"树里亚承受的，一定是双重的打击吧！

　　澄雄悄悄偷看了一下树里亚的侧脸。就在她下定决心离开山元町的廉租房、从父亲身边独立的时候，她父亲紧急住院。既然是脑出血，就会有好一阵子无法回到工作上吧！搞不好，一生都很难再工作了。

　　"如果什么也不吃，你会倒下的。今后会有很多事要忙，就算你没食欲，还是得吃才行。"

树里亚发出干干的声音笑了。"你是说康复训练啦、手术费啦、住院费啦、打工啦这些事吧……这么一来，我一个人生活以及上大学的事，全都变成遥远的梦想了。"

　　澄雄的心很痛，但还是握住了树里亚的手。她那像娃娃般冰冷的手，气力全无。"我们两人一起努力的话，总能撑过去的。你父亲搞不好还是可以再次活力十足地去工作。"

　　树里亚的头马上转了过来，笔直看向澄雄的双眼。她的眼睛因为充血而通红，或许是因为一整晚流泪吧！即便有恨，毕竟自己的亲生父亲此刻仍处于生命垂危的状态。

　　"我问你，为什么澄雄要对我这种人这么认真呢？我们是在交友网站认识的，才上过几次床而已，不是吗？"

　　这种问题，澄雄自己也不知道。他移开双眼思考着，然后挤出来似的说道："喜欢一个人，还需要什么理由吗？从一碰面开始，我就明白树里亚是特别的。"澄雄确认四下无人后，放低声音道，"第一次和你上床时，我就觉得，这个人和我很默契。树里亚也有这种感觉吧？"这是澄雄心中丝毫没有怀疑的信念。脑子或许会有搞错的时候，但身体不会搞错。不管尝试多少次，树里亚与澄雄都像是大小刚刚好的手套一般默契。不光是肉体而已，连在床上的想象力、感觉、用字遣词等各方面，都很难想象还有更为默契的对象了。

　　树里亚又发出如枯叶被踩般的笑声。"不过是略为默契罢了，每个人都会产生这样的误会，马上就觉得这个人是自己的真命天子、真命天女。比我还好的人，澄雄明明可以要多少有多少。"

　　由于睡眠不足，澄雄少了往常的那种忍耐力。他的脑子里发出某种东西断掉的声音。"既然你这么说，那你就把比你好的女生带来给我看啊！不可能那么容易找到的吧！我活了二十年，到现在还没碰到过一个。你为什么不能相信我呢？"虽然音量不大，但口吻变得几乎像是在惨叫一样。从别的加护病房走出来的年轻护士，以可疑的视线看着这边。树里亚什么也没有回答他，又回头去看白色墙壁了。此时，澄雄的牛仔裤口袋里，手机振动了起来。

　　一直没有联系，你一整晚是在做什么？
　　马上打电话回来。
　　我和美纱惠都很担心你。

　　是父亲弘和发来的短信。父亲觉得发手机短信很麻烦，很少使用。澄雄从长椅上站起，背脊发出嘎吱声。"我爸发短信来了，我去打个电话再回来。"
　　树里亚削尖的下巴往下沉了五厘米左右，澄雄知道她点了头。

　　联结病房大楼的走廊，整面都是玻璃，像热带植物园般酷热。澄雄把熬夜过后变得如板子一般僵硬的背部靠在玻璃壁面上。他从通讯簿中选择了一个极少打的号码，是父亲的手机号码。
　　"喂喂喂，是澄雄吗？"才响了一声，父亲的声音就传了过来。
　　"是啊。"为什么会变成这种不满的声音，澄雄自己也觉得不可思议。
　　"你在做什么？又和之前那个女孩在一起吗？要外宿的话，就打通电话回家啊！美纱惠很担心你，到早上都没睡呢！"

澄雄哪管得了那么多。"我确实和树里亚在一起。不过,并非爸你所想象的那样。"

父亲所想象的,一定是两个年轻情侣在某家宾馆过夜吧!或许这是任何人在学生时代都曾有过的记忆。

"我知道了,你说说理由吧!"

"树里亚的……不,三田小姐的父亲,昨天病倒了。由于脑出血,昨晚动了紧急手术。"他听得出父亲在电话那头惊讶得停止了呼吸。

"他状况如何?既然这样,今天下午我也去看看吧?"澄雄想起树里亚的父亲从拉门的门缝往树里亚的房间偷窥时的表情。他实在无意让那个男人与自己的父亲碰面。"目前尚未恢复意识。我想,要探病的话,再过一阵子吧!今晚我会回家去,请你和美纱惠小姐说一声。"

"这样呀。那个孩子明明还很年轻,没想到这么辛苦呢……"

"那,再见。"

澄雄正要切断通话时,弘和说道:"她是叫树里亚吗?你怎么会和那孩子交往呢?"

"你问为什么,是要我怎么回答?"

父亲的声音很认真。"我初次和她见面时,也吓了一跳。她的身材比较娇小,但脸和裕子一模一样。连那种好像有点钻牛角尖的灰暗表情也……"

"……"澄雄没有什么能够回答的。他一直很希望自己之所以和树里亚交往不是因为她长得和母亲很像。但父亲这么一说,这个事实在他心中就像暴风雨时的云朵般变黑、变大。

"我不是不了解你的心情。但一再追逐已逝去的人和事，也无法改变什么。如果以这种往后看的方式过生活，总有一天会遭到过去的报复。"

"所以应该建设性地朝着未来，把什么过去的人都给忘了，对吧？"澄雄很清楚，父亲过去也和自己一样，因为母亲自杀之事而感到痛苦。但他却阻止不了自己这种讽刺般的言辞。

父亲叹了口气。"不要如此苛责我。让你这么不好受，我觉得很过意不去。但活着的人，日子还是得要过下去啊。"

澄雄透过整面都是玻璃的屋顶，抬头看着夏日的天空。早晨的天空澄澈得教人心头畅快，一直到平流层都没有一点云彩。他想起尚未清醒的树里亚的父亲，以及哪儿也去不了、不得不继续出卖劳力的树里亚。

"无论发生什么事，人都必须把日子过下去吗？"

父亲的声音听起来像是从极其遥远的地方传来，又好像是在耳边低声私语一般。"没错啊。人无法选择自己的生死，只是有人给了他生命，让他可以在这个时代呼吸，然后自己设法再多活半个世纪而已。我个人觉得，应该就是这样吧！"

真的是这样吗？母亲不就因为讨厌别人让她这样活着，才自杀的吗？母亲以自己的意志选择了自己的时刻，以"NO"对这个世界说出了拒绝。"我知道了。回家后再谈吧！树里亚现在正面临大困难。"

"嗯，今晚不要太晚回来啊！"

"嗯。"澄雄点了头，挂上电话。因熬夜而变得迟钝的全身，略微出了点汗，感觉很不舒服。他急忙跑到医院干净的洗手间去，吐出了一点透明的胃液。

二

"三田小姐，令尊的意识恢复了。"

澄雄正坐在加护病房外走廊的长椅上半梦半醒地做着痛苦的梦，醒来后却完全不记得任何内容。树里亚听到护士的话，已经先站了起来。

穿过一直开着的自动门，走进有消毒水味道的病房。树里亚的父亲所躺的病床，被白色拉帘隔了开来。澄雄透过略微拉开的拉帘缝隙，悄悄看向里面。

床缘站着树里亚与年龄约莫二十五至二十九岁的护士。点滴架上吊着颜色略有不同的两种点滴袋。她父亲三田丰正发出呻吟声，眼里有眼屎，泪水往耳朵的方向流着。他的头上还是包着白布，但才一天时间，外表似乎就老了几十岁。他的脸颊与眼睛周围都干瘪瘪的，凹了下去。护士把耳朵靠到了患者的嘴边。

"好好好，三田先生，什么事？"

"呜、呜！"

听在澄雄耳里，只觉得他一直都在发同样一个声音而已。

"他在问，发生了什么事？"护士干脆地说着，应该是已经习惯于这样的情形了吧？完全没有感伤的样子。

树里亚说："你脑出血昏倒了！已经动过开颅手术取出血块，也止血了。"女儿以冰冷的目光低头看着父亲，和护士一样一副冷酷无情的样子。父亲又呻吟了起来，护士帮忙同声传译。

"他说：'怎么了？我身体动不了。尤其是左侧的手脚都不行了'。"

树里亚的表情没有改变。丰移动右手摸摸左臂与左肩，轻轻拍了拍。

"医生说，左半身可能会出现后遗症，在说话上也可能会出现障碍。"这番话似乎确确实实传到父亲的耳中了。卡车司机在钢架病床上吵闹起来。他不停发出"呜、呜"的声音呻吟着。护士露出困扰的表情。

"好好好，现在手术才刚结束呀，请您安静下来。那个，你父亲是这么说的……"脸上似乎脂粉未施的护士，有难言之隐般地放低了音量。

这样的场面，澄雄再也看不下去。"……他说，你一定觉得很爽吧？"

树里亚面不改色地说："还好啦，是很爽没错，但也是很大的累赘啊！"父亲把脸别开。树里亚缓缓说道："可是，再怎么成为累赘，我还是无法抛弃你。我知道你是很过分的父亲，但你也是我唯一的亲人啊！"树里亚的父亲把头转了过来。从他眼里落下的泪水，似乎变得比刚才还多了。树里亚紧握拳头，好像要把什么压碎似的说道："我很想抛弃你，但是抛弃不了。如果我抛弃了你，我会一辈子责备自己。"

澄雄不知该说什么好，心中充满了感动。他像在呼气一样，只叫了一声她的名字："树里亚……"

　　护士装作什么也没听到，默默地把凌乱的床单重新铺好，确认点滴的状况后，给三田丰量了体温。"由于患者的体力尚未回复，请不要探视太长的时间。明天再观察一天看看，如果没有问题，会转到一般病房去。"护士轻轻欠了欠身，拨开拉帘走出了加护病房。

　　"好了，我们也走吧。"澄雄才刚说完，拉帘的那一头就有动静。

　　一个男人的声音说："三田丰的病房是这里吗？"听到这个声音，病床上的父亲脸色变了。树里亚也同样失去了血色。

　　拨开拉帘从中探头进来的，是个中年男子。他的长相就像以雕刻刀削过的圆木一样，看来粗暴但没有表情。双眼就像埋了木炭一样阴暗，读不出情感。男子瞥了父亲一眼，缓缓看向树里亚与澄雄。"看，这是用来慰问的。"男子从上衣口袋拿出橘子，像丢什么垃圾一样放在病床上父亲的脚边。橘子在白色床单上滚着，发出湿润的光泽。"什么嘛！不还钱，就这样狂妄地跑来住院了？赶快给我去工作，你这人渣！"男子缓缓地进到拉帘的内侧来。他穿着廉价的灰色西装与白色的化纤衬衫，没打领带，身体如棒子般细瘦。他以黏着的视线来回打量着树里亚。

　　澄雄虽然想叫喊些什么，但还是保持沉默。他想起在山下公园的约会，那时候树里亚对着手机大吼大叫。对方应该是高利贷的讨债人员。这个初次看到的男子，不知为何像双手持枪一样，两只手各拿着一部手机。

　　"噢！你们家的女儿，现在长得挺标致了嘛！"

树里亚的父亲在病床上呻吟着些什么。

男子冷笑道:"听说你脑出血我才来慰问的,竟然是这副德行,连话都不会讲了是吧?可惜没有赶快死了拉倒,不然保险金可以把你欠的钱还清,还可以帮你女儿留下一点钱呢!你这种身体,要怎么工作?和我们借的钱打算怎么处理?"讨债人似乎早已习惯这种场面,自始至终说什么也不收起他无情的言行。

树里亚说:"你给我回去吧!钱我们会好好还的。但这家伙昨晚刚动完手术,才过了六个小时而已。"

男子眯起眼说:"那又怎样?你老爸借的钱跟命一样重要,已经几个月都没按时还钱了。借钱不还的家伙,就是人渣。对人渣来说,手术或医院或病床,全都太过奢侈了。还是说,小姐你要帮忙还钱?"男子这时故意呼吸了一下,然后视线扫过树里亚的胸部与腰部。

"你这种身体,每家店都会抢着要。不如我来帮你介绍一家好店吧?既然当父亲的没种,就由女儿努力还债。嘿,这不是很有日本家族风范的故事吗?"男子讲到"日本"二字时,刻意夸张地顿了顿。

"树里亚,这个人是谁?"澄雄的心底恨得牙痒痒的。"贷款满天公司的岩渊,如你所见是个禽兽。"

男子冷笑道:"人渣的女儿果然也是人渣。你是这女孩的小白脸吗?"

澄雄死盯着岩渊看,没有解除身体的防备。他放低了重心,以便随时可以猛扑过去。

"好可怕哟!你还是学生吧?最近的小鬼只懂搞男女关系,也不好好工作。"

树里亚以冰一般冷冽的声音说："住口！不干这个人的事。"

岩渊止不住冷笑，发出啪啦啪啦的声音开开关关着手机的盖子。"不至于不干他的事吧！他不是你的好男人吗？手术期间，你们不知道又在哪个病房里亲热了，对吧？"

"你再说下去，我可是会杀你的。"树里亚的眼神很认真。加护病房里，有好一阵子每个人都屏住了呼吸。高利贷的讨债人捧腹大笑起来。"今天就先这样，我先回去没有关系。其实我应该在这家医院里到处大喊这家伙是借钱不还的人渣才对。不过可别忘了，借出去的东西我们一定会收回来，而且不择手段。"岩渊眯起眼，目不转睛看着树里亚。"要硬撑也可以啦，但有没有考虑过放弃矜持，也好早点轻松下来？这家伙已经成废人了吧。要从这个地狱脱身，你也只能运用自己所拥有的天赋了。"男子拨开拉帘，走了出去。在离开加护病房时，他故意以附近病房及护士听得见的大音量说："搞不好连住院费都付不出来，还这么奢侈。嘿，钱要先拿来还我们的债啊！"

澄雄依然紧握住拳头，动也不动地站在床缘。他好恨自己什么也做不了，眼里渗出泪水。

树里亚的父亲往上看着天花板，泪水从眼睛往耳朵的方向流淌。澄雄不知道那泪水是为什么而流的。

树里亚呼的一声吐了口气笑道："被你看到这么不堪的场面了！"

澄雄只轻轻摇摇头。

"所以我之前不是就说了嘛，澄雄和我居住在不同的世界。我们虽然出生在同一个时代，但澄雄的生活与我的生活，天差地远。

打从一开始，我就不可能成为什么六本木山庄的公主啊！"

树里亚的父亲仍断断续续发出呻吟声，就像受了伤的野兽对着黑暗吠叫一样。

"这世界对每个人来说并非都相同，而有上下之分。我们绝对不可能顺利发展下去的，我们跨越不了那道墙，也不可能结合。听懂的话，你就走吧！"

澄雄看着树里亚的眼，那里头晃动着如夜晚的大海般深不见底的黑暗。他无言以对。世界确实切分成两个，在病床上状况危急的人，不过因为一时还不了钱，就要被别人咒骂"不是人"、"人渣"。明知道这样不合理，却只能默默忍受。在世界的下面这一半，每天都有这种事发生。在这里，所有的人不是猎物就是猎人。澄雄好不容易才回了树里亚一句："多保重。明天我会再来。"

树里亚依然低着眼，什么也没说。澄雄的身体如发烧一般，摇摇晃晃的。他的脚使不出力来。即便如此，他还是走出加护病房，穿过好长好长的走廊。阳光照进来的窗户，染上了夕阳天空的红色。就算人类再怎么愚蠢，澄澈的夏日夕阳还是一样那么美。

澄雄什么也不想，走到了鹤见站。他买了车票，坐进画有蓝色线条的京滨东北线车厢里。由于不是高峰时段，车厢内很空。虽然有空位，澄雄却无意坐下，而是呆呆地抓着吊环任由身体随电车的晃动而左右摇摆。

他抬头看向随着空调的风微微摆动的悬吊广告。《月刊董事》是由专攻经济的出版社发行的商业杂志，往右上斜去的粗体哥特字体标题，如呐喊般映入眼帘。

巨额夏季奖金一览！！

他读了小标题。"外资企业管理高层，状况绝佳！Breaker & Suns日本法人行长江崎弘和七亿元；Unilife Insurance社长盐崎孝明六亿六千万元；Bit World社长福井亮六亿四千万元……"后面继续列出前五名的名字。

澄雄在电车里差点没晕过去。树里亚的父亲三田丰与自己的父亲弘和，两个人究竟为什么会有这么大的差异？这个社会开了一个让人不知道用意何在的伤口，不是吗？树里亚在这个大河般的伤痕的那一头，自己则站在大河的这一头。

"我真的能够跨越这道裂痕吗？"

他问自己，但没有答案。在行驶于夕阳下的电车里，澄雄忍着头晕，一直在那儿站着。

第十一章

一

　　就算父亲病倒，树里亚的生活还是没变，她仍在三班倒的面包工厂里继续工作。有空时，她会去照顾留有脑出血后遗症的父亲，因此多半在病房和澄雄碰面。

　　澄雄看着树里亚的脸颊日渐消瘦、表情日渐消失，不禁感叹，才区区几天，人的脸就会改变到这种地步。认识时还那么明朗的双眼，也失去了光彩。原本丰厚的嘴唇，看起来也变得干瘪瘪的。坐在口齿不清的父亲病床旁，树里亚似乎在以全身的力量拒绝别人对她说话。就连澄雄也是，看到她那僵硬而弯曲的背影，也变得很难走进病房。

　　树里亚的父亲所服务的小型运输公司，只送来微薄的慰问金而已，似乎没算成工伤。父亲与女儿的生活，全都落在树里亚肩上。她是个非正式的合同工，就算做满全班，年收入也不过两百五十万元上下而已，就连支付生活费与治疗费都不容易。

　　在三田丰病倒五天后的星期三。澄雄结束早班的工作后，直接从涩谷到了鹤见。到达医院时，已过了晚上九点。虽然探病时间已经结束，但在这所市民医院里，谁也不会管这种事。每个病房里都还有人在，人声嘈杂。

穿过夜晚的走廊，走进丰后来转到的四人病房。由于被白色布帘遮住，让人觉得患者好像不在那里，白布围成的四方空间就好像搭起来的前卫舞台布景一样。

他朝窗边右侧的帘子走去，轻声问道："树里亚，你在吗？"

"……嗯。"过了一会儿，传来如叹息般的回答。澄雄稍稍拨开拉帘，向里头看。白色的床单圆圆地鼓成人形，映入他的眼帘。

树里亚坐在熄了灯的房间的钢管椅上。她空洞的眼睛一看到澄雄的脸，站了起来。"刚才睡着了。我们去外面吧！"树里亚拨开拉帘。

"去哪？"

澄雄小声发问后，树里亚扬起了嘴角。她或许是在笑，但眼神却依然冷冽。"到车站去太麻烦了，我找到一个好地方。"她头也不回地迅速走出黑暗的病房。澄雄也压低脚步声追上树里亚小小的背影。

一打开金属防火门，外面是没有星星的天空。霓虹灯从远方的鹤见站那里向外散发光亮，污染了夏天的夜空。医院屋顶上摆着一些晒衣架，床单与毛巾随着变化无常的夜风摇曳。低身钻过几张如垂幕般的床单后，树里亚朝屋顶边缘走去。在留有雨渍的水泥屋顶四周，设置了高约三米左右的铁丝围篱。这应该不是为了防止跌落，而是为了防止自杀的吧！围篱附近凌乱地摆着几张生锈的钢管椅。树里亚伸腿在其中一张坐了下来。

"呼！总觉得每天都好黑暗，快受不了了。医院真讨厌啊！"

她从牛仔裤后面的口袋拿出什么东西来，似乎是一个半透明的塑料药盒。澄雄也在树里亚身旁坐下。不知道是不是因为螺丝松了，这张椅子坐起来很不舒服。

"那是什么？营养剂？"

树里亚打开药盒，随便抓了几颗放进口中。"不是，是安眠药。"

"安眠药？"树里亚水也不喝，发出嘎吱嘎吱的声音咬着白色的药片说道："对，可以随便在网络上买到。现在不是夏天吗？由于正式员工都去休假了，我们合同工的排班变得很混乱，我因而没有睡好。"

澄雄不知该怎么回答她。树里亚说什么都必须工作才行，她应该已经没有闲工夫准备考大学，或是找寻条件更好的正式工作了吧？她只能设法撑住眼看着就要倒塌的生活。

"呵呵……"树里亚发出几声干笑，"认识澄雄后，我总有一种自己也能够变幸福的感觉，每天都好开心。可是，那种梦幻般的情节，还是不可能存在，对吧！最高峰的后面，是最低谷的到来。我的人生，一直都是这样的感觉。"

澄雄凝视着树里亚的侧脸。她的鼻子和下巴比以前更削尖了。"我这么说有些不好开口……不过，树里亚你家有存款吗？"

"负债倒有，存款几乎没有啊！我老爸那人澄雄不是也很清楚吗？那家伙只知道给别人找麻烦而已。"夜晚的风吹过两人中间，那是还留有白天热气的、微温的风。

"可是，树里亚每天都来服侍他、照料他。"

她把头转向澄雄的方向，眼神锐利地瞪着他。"我也是千百个不愿意啊。如果能够抛弃那种家伙，不知道会有多轻松。"

"可是，你没有抛弃他。"

"是啊！"

树里亚喃喃地说着，身体似乎又缩小了一圈。澄雄想要伸手去抱她变窄了的肩膀，但他无法这么做。

"那个讨债的后来怎么样了？"

树里亚又用鼻子笑了。"你说岩渊呀？那家伙似乎把我们列为第一讨债对象了。自老爸病倒以来，他每天打三次电话。"

澄雄想起那个认为父亲的债款由女儿来还是天经地义之事的男子的脸。那个男人在父亲刚动完性命攸关的手术后，就在他面前要女儿用身体还钱，还说要帮她介绍很多"特殊工作"。

"然后，又把那件事拿出来提？"

"对。他说，无论是一般夜总会、有性服务的夜总会、休闲中心还是提供上门服务的性服务店，我都能够大展宏图。他说，我一定会马上变成头牌，什么负债全都能够还清。他还说，这样子我也可以让老爸在设施更好的医院里做康复训练。他一直用谄媚的态度和我讲这些事。"

澄雄抬头看着横滨明亮的夜空，在钢管椅上紧握住拳头。他从肩包里抽出一个新信封，直接朝树里亚的方向递去。

"今天是打工的发薪日，这笔钱你拿去给你父亲用吧！"

树里亚看看银行的信封，又看看移开了视线的澄雄的脸。"偿还日遥遥无期的钱，我不能够收。"

"没关系，这是我为了和树里亚一起生活而工作赚来的。"

树里亚发出干笑声说："啊，石川町的那间房子。如果我们两个能在那儿生活，该有多开心呢！我设法一面打工一面上大学，澄雄则找寻自己的工作。一有时间，我们就能一个劲儿抱在一起之类的。"

澄雄也在想同样的事。强风把屋顶上的床单鼓成了风帆一般。

"我们大概互为彼此的避难所吧！"

"避难所？"

澄雄对着以不可思议的眼神凝视着自己的树里亚点了头。"没错，就是躲避核武器的避难所。树里亚和我，都需要一个从父亲身边逃离的地方。再这么活下去，我想一定会窒息的。"

树里亚把双臂盘在胸前，脚还是伸得直直的。"我爸是那种烂人，可以理解，但澄雄的父亲不一样吧？我看到杂志上的广告了，好厉害呀，半年的奖金就有七亿元。"

虽然是自己的父亲，澄雄一样没有现实感。"我也不是很清楚。那不是我的钱，看到广告我也吓了一跳。"他看向还递在半空中的信封。"至少，这里头装的钱是我的。它是我像树里亚一样，以时薪计算的方式工作赚来的。"

树里亚叹了口气。"既然这样，我就更不能收了，那不就变成澄雄白白工作一星期了？"

澄雄站了起来，把信封放在自己与树里亚中间，拿一小块水泥碎片压住。然后他回到坐起来不舒服的椅子去。"我已经决定忘记这信封的事，直接回家。如果树里亚不需要的话，谁要是捡到，就变成那个人的东西。钱这种东西，给谁都一样。"

树里亚抬起原本低着的头瞪着澄雄。"你那是随时都不缺钱的人才有的台词啊！澄雄应该没有经历过这种情形吧？全班同学都买了同样的东西，只有我一个人不能买，只能忍耐。但我还是露出'那种东西根本不好，我完全不想要'的表情。"

澄雄无从回应她。他从来没有因为物质或金钱缺乏而感到尴尬的经验。自母亲自杀以来，弘和就百般宠爱独生儿子。在家里，父亲完全不会展现干练经营者的样子。

　　"但在我的心中，却是想要得不得了。新运动鞋啦，画有卡通人物的小东西啦，偶像演唱会的门票啦，但我总是对外坚称，自己对这种东西没兴趣。"

　　澄雄的声音很温柔，像是在抚摸小朋友的头一样。"可是，树里亚很想要吧。"

　　树里亚瘦下来后，看起来变得大了一圈的右眼，流下了一滴泪。它掉到T恤衫胸部的地方，如幻影般被吸了进去。"我很想要。不光是钱或物质而已，也很想像一般家庭那样有温柔的父亲以及没生病的母亲。我也想和一般女孩子一样去上学，而不是在面包工厂上班啊！"树里亚的脸上没有表情。在如能乐面具般僵成白色的脸上，泪水不断夺眶而出。她哭得很惨，看了教人如坐针毡。

　　澄雄从钢管椅上站了起来，静静地抱住哭泣的树里亚的后背。"没事了。没有必要再去回想。我来工作，买给树里亚。无论什么东西，我都会买给你。"

　　树里亚坐着转过头。夏天的夜风吹来，两人前额的头发纠结在一起。他们就这样默默地以痛苦的姿势亲吻，张开嘴激烈地亲吻。

　　过了一阵子，两人的嘴唇分开后，树里亚气息紊乱地说："澄雄，在这里抱我好不好？"

　　澄雄不由得环顾四周。夜晚的医院楼顶，没有任何人在。但是又不知道何时会有人上来。

　　"可是，在这里做，有点……"

"今晚我离不开医院。澄雄等一下也要回去了吧？自从我老爸病倒后，我们一次都没做对吧！现在没时间也没钱上宾馆。"确实正如树里亚所言，自她父亲病倒以来，每天都过得像是云霄飞车一样。根本没有什么时间让他们两人好好碰面。

"我也想要树里亚你呀，可是……"树里亚弯下腰，拿起澄雄的信封。她一脸难过地笑了笑，又马上严肃起来。"我不光是想要澄雄而已。再这么下去，我整个人好像快要解体了。今天从傍晚开始我就吃了安眠药，现在想睡得要命啊！可是，我希望澄雄能够帮我。不光是想要性爱而已，而是一种'现在非做不可'的感觉。如果今晚要我在医院的长椅上度过漫漫长夜，我搞不好会觉得不想再活下去了。"

树里亚只穿着牛仔裤和胸罩，朝澄雄的方向走来。她的眼底露出渴望的神色。

"澄雄，帮帮我，拜托，帮帮我。"

澄雄的心里，性欲什么的全都消失了。他的心里充满了痛苦。这样的苦，或许是自目击母亲的自杀现场以来第一次。澄雄觉得，自己沙哑的声音听起来好像别人的一样。

"我知道了。"

树里亚似乎连澄雄的回答都来不及听进去。"帮帮我，好让我不要从这屋顶上跳下去。用你的身体让我留在这世界上苟活。拜托，帮帮我……"

澄雄连忙吻了她，好让树里亚的嘴里不再发出那惨叫般的话语。

二

　　盛夏的夜晚，风很冷。两人依偎着身子，朝着从宽敞的屋顶突出去的小屋走去。澄雄带树里亚来到门的背面，这样的话，至少有人来打开门时，也不会马上被看到。除非绕一圈到小屋背面，否则不会发现他们。

　　树里亚背对着因雨渍而变得斑驳的水泥墙站立，或浓或淡的灰色看起来十分统一。她踢飞似的脱了凉鞋，一口气把牛仔裤往下脱到膝盖的地方。上下一套的内衣裤是接近树里亚肤色的米色，就好像什么也没穿一样。

　　澄雄从干巴巴的喉咙里挤出一句："树里亚……"

　　树里亚的手不停地动着，没有犹豫，也没有难为情。她解开胸罩的挂钩、任它从肩膀滑落、把双脚从设计简单的内裤中抽了出来。树里亚裸着身子张开双臂。

　　同一栋建筑物的下方，为疾病后遗症所苦的父亲正在睡觉。不仅如此，今晚搞不好还有重症患者渐渐死去。

　　澄雄也脱掉T恤，裸着身子与树里亚相对而立。他凝视着树里亚的脸。为何全裸时会去看人家的脸，穿着衣服时会去看人家的身体呢？这个不可思议的疑问掠过脑际。

"来吧，澄雄。"

澄雄全身发麻。树里亚的脸上没有任何表情，也没有一丁点欲望与兴奋。如果硬要找词形容，就像是积满了如干沙般的悲愁而已。澄雄也没有欲望。

"即便如此，现在还是非得和树里亚做爱不可。"

唯有这信念丝毫没有动摇。他要成为拯救快要放弃求生意志的女孩的秤砣，让树里亚无法从这个屋顶上跳进那没有星星的夜空中。

澄雄的生殖器还是软趴趴，但他仍缓缓靠近树里亚。

"我要上咯，树里亚。"两人就在四下无人的屋顶上彼此拥抱。澄雄一用力抱住她，树里亚的嘴里就发出不成字句的喘息。澄雄看着天空，刚升起的月亮，在横滨的楼群上方微微发出蓝色光芒。

不需要什么预备动作。澄雄马上充满精力，他触碰到树里亚的手指，连指根的地方都湿透了。由于是站着相互拥抱，树里亚的手撑到了楼顶小屋的墙壁上。两人如同不懂言词的野兽，从后方结合在一起。喘息朝着藏青色的天空升起。

澄雄一面前后晃动着身子，一面觉得，自己与树里亚好像自太古时期就存在的动物般，在都会的正中央结合在一起。在这瞬间，没有贫富，没有差距，也没有未来。在性爱的时间里，两人的生命只有如今这个时刻，没有缝隙让什么多余的社会介入其中。澄雄第一次觉得，自己知道人在恋爱时为什么会变得单纯了。

两人沉默地配合对方动着，结果在自己都觉得讶异的短暂时间里，就达到了自己都觉得讶异的高潮。日后，澄雄仍不时会想起那一晚树里亚那闪着蓝色光芒的背部。那是在夏天的夜里所做的梦吧？即使闭上眼，那极其苗条的腰部起伏移动的画面，依然挥之不去。

澄雄在树里亚的背部看到的，或许不只是树里亚这个女性而已，而是生存在这个地球上的所有女性。

"呼！好棒哦。"

"打个比方，就好像飞到某个遥远的地方去了一样的感觉。"树里亚一面穿上T恤，一面说道。她的刘海因为汗水而黏在额头。

澄雄也穿起牛仔裤。下半身似乎还在酥麻，因此明明是过大尺寸的牛仔裤，却很不好穿上。

"我也是，中间开始突然觉得做爱好恐怖，第一次有这种情形。"

"可以理解。我也觉得自己好像变得不是自己了一样。该说是纯粹的雌性野兽吗？周遭的环境特殊，毕竟还是有影响吧。"

树里亚在讲的时候虽然带着玩笑般的口吻，但澄雄很清楚。那不光只是环境导致的而已，而是被逼到走投无路的心，在向身体求助。因此，才会变成那种犹如到极深的海底一窥究竟般的性爱。

树里亚淡淡地笑了笑。"不过，安眠药的药效也可能有关系。吃了那个后如果硬是不睡觉，会变得很兴奋，神经会变得过敏。"

澄雄以折服的表情看向树里亚。"树里亚怎么对药物方面这么清楚？"

树里亚竖起一根拇指咧嘴笑道："你以为我是在哪里出生的呀？在我们那里，初一开始就很流行吸食瓦斯了。我们会到便利商店买很多用于填充瓦斯打火机用的液化氧气瓶，再装在塑料袋里吸食。吸了那个，会觉得头猛然飞起来，变得头晕目眩的，感觉很舒服。"

那是澄雄连想象都无法想象的世界。刚从小学毕业，这些小朋友就跑到便利商店大量购买瓦斯。在世界的另一端，竟然有着这种令人头昏眼花的现实存在。

"……这样呀。"

树里亚愈讲愈起劲，继续讲个不停。或许是安眠药的作用吧，她的眼睛似乎有点失焦。"那时，我的朋友大概有一半吸食兴奋剂上瘾吧，还有两人因此死亡。你看，澄雄居住的天堂与我所居住的地狱，果然大不相同吧！"

澄雄不假思索地说出了下面这句话："树里亚，你愿意和我订婚吗？"

说笑说到一半的树里亚，身体僵硬起来。有好一阵子，她变得什么话都讲不出来。

澄雄拼命解释："如果你不喜欢，做个表面夫妻也没关系。这样的话，就能借用我父亲的力量了。现在，树里亚正面临最大的危机。只要设法过了这一关，接下来的发展也会渐渐明朗。只要树里亚变成我的未婚妻，我想我父亲就无法不出手帮助正处于困难中的树里亚了。"

表情渐渐在树里亚的脸上恢复了。她生硬地说："只为了让澄雄的父亲出钱，你就要和我订婚吗？"

澄雄连忙挥了挥手说："不是的。如果树里亚真心想和我订婚，我当然会相当开心的。只不过，一方面我们都还年轻，没有必要那么急。可是，为了让我父亲出手相助，我想就必须这么做不可。再说，他那七亿元也不是认真工作赚来的，如果能够用来让树里亚今后重新出发，我想那些钱本身也会开心的吧！"

树里亚抛下正要穿上身的T恤，朝澄雄扑去。她突然在澄雄耳边大叫道："就算你父亲无法借钱给我，你有这份心意，我已经很开心了。如果澄雄愿意的话，我们今晚就在这里订婚吧！"

"可是，我没有什么订婚戒指。"

树里亚依然抱着澄雄的脖子，没有松手。"那种东西，什么时候给都没关系啊。啊，对了。"

她松开手，在牛仔裤前面的口袋里翻找，拿出一个用来绑头发的蓝色橡皮圈，这是一个附有蓝色玻璃珠的细橡皮圈。树里亚把它放到澄雄手里说："等到几年后你能够买真正的订婚戒指为止，就拿它来充当吧！在那之前，我会好好保管它的。"

树里亚伸出左手。澄雄在她的无名指上，把细细的橡皮圈缠了好几圈。树里亚把手抬到高高的位置，与空中的弦月重叠在一起。

"嘿，你看。月亮透过玻璃，圆圆地发着光。"澄雄也把脸颊往树里亚靠去，盯着小小的弹珠看。他看到如满月般圆圆的月亮，蓝蓝地浮现在玻璃珠上，颜色鲜艳得很不吉利。在这盛夏的夜里，澄雄的背脊冒出冷汗，但他什么也没告诉树里亚。两人保持着半裸的姿势，在床单摇曳的医院屋顶上眺望着天空。

第十二章

一

　　窗户的下方，看得到夏夜的草木。毛利庭园是位于六本木山庄背面的小公园，在环绕着水池的小道上，有许多情侣隔着几乎相同的距离在散步。

　　"你不吃了吗，澄雄？"澄雄找父亲弘和前往的，是位于六本木山庄内的意大利餐厅。桌子的中央有个装水果披萨的盘子，这是全家前来时总是会点的甜点。披萨还剩下半圆形。

　　"嗯，谢谢，我已经吃够了。"

　　父亲还是穿着西装、打着领带，应该是晚餐后还要搭电梯往上走几十楼，回到工作岗位去吧！

　　"可是，还真稀奇呀！竟然是你主动来找我吃饭。"

　　"稀奇的是爸爸你吧！我想都没想到竟然能够当天约得到你……"澄雄找寻着接下来的用词。他打电话到父亲办公室去，说今晚有重要的事要讲。

　　弘和看着手表。收集机械手表是他的兴趣，在他书房里，有个专门用来收纳高级瑞士手表的木箱，里头摆了许多。现在他戴在手上的，是收纳在小型白金盒中、江诗丹顿牌的"Grand

Complication"，据说价值两千万元左右。

澄雄左思右想，最后选择了最为简单的说法。"我和树里亚订婚了。"

父亲抬起头，叹了口气。"……这样呀。"

澄雄拼命说明："大学毕业后，我们打算一起生活。虽然还不知道会从事什么工作，但我打算自己试着找找看。"

父亲目不转睛地凝视着澄雄。他的嘴边露出了苦笑。"所以呢？"

澄雄突然低下头来，到了额头快要碰到桌面的地步，声音也变大了。虽然餐厅里很安静，但他没有什么闲工夫去感到难为情了。他的脑中只有白天在面包工厂工作、晚上又要照料父亲的树里亚。"拜托您，她现在正处于艰苦时期。"

弘和在桌面上盘起双手。

"三田小姐的父亲因为脑出血而病倒，现在正在横滨的公立医院住院，由树里亚她一个人照料。"

父亲露出沉痛的表情。或者，这只是他演技的一部分，和他在买卖某家企业时一样？

"我还知道其他种种事情，我请人调查过了。"

澄雄把身子探到桌面上。"那样的话，我想您应该已经知道了吧。三田小姐家完全没有存款，既没有参加人寿保险，公司也没有支付工伤赔偿。现在他们的状况已经到了极限。光靠合同工树里亚的工作，绝对没办法支撑生活。"

澄雄想起高利贷讨债人的冷笑。要不要把那个男人的事讲出来呢？父亲在英国投资银行担任行长，岩渊这个男人则在私人高利贷公司工作。虽然同样是金融业，一样有大得教人目眩的差距。

"澄雄的请求以及条件是什么？"父亲露出做生意的表情。

澄雄也压抑着自己，力求不感情用事。光靠父子间的爱，应该很难打动这个人吧。"我会好好从大学毕业，也会找工作，我打算和树里亚结婚。虽然她因为家庭状况而被迫放弃上大学，但她的脑袋其实很好。她工作所存的钱，原本是为了升学用的。但一切都因为她父亲病倒而变得无望了。"

弘和一直看着澄雄的眼，默默听着他说话，露出一副不让人看出内心的表情。澄雄听人说，父亲在谈判上的强硬态度，在金融圈很有名。

"我想拜托您帮忙的是，能不能借给我一笔钱？住院费、康复训练费、三田家当下的生活费，以及树里亚上大学的学费。我开始工作后，会一点一点还清，所以拜托您了。照现在这样的话，树里亚会变得很惨的。为了撑起家计，她不分日夜都在工作，身体也瘦得不像样了……"接着他就说不下去了。

弘和放开盘着的双手，找服务生过来续了一杯浓缩咖啡。他缓缓说道："三田小姐确实很可怜，但这样的事，每天都会在这个世界上阳光照不到的地方发生。没有谁能够拯救所有的人。"

澄雄的声音变得有如在惨叫。"可是，树里亚和其他人不一样。她是我选择共度一辈子的人，对您来说就不是外人了。"

父亲从放在旁边椅子上的皮质无带提包里拿出某样东西，似乎是支票。澄雄的表情有如开关开启般，变得开朗起来。

"……爸。"

弘和把钢笔放在支票簿上，双手再次盘起。"我已经请人彻底调查过三田树里亚小姐了。包括她的家庭环境、学历、父亲的职业、经济状况。我们银行委托的调查公司，在底层世界也有人脉。我已经查到三田家银行账户的余额及这几年间的财务支出情况，甚至查到了树里亚小姐的信用信息及手机的使用状况。"

澄雄倒吸了口气。这个人如果变成敌人，会是很可怕的对手。

"我从以前就觉得很不可思议，看不出你和树里亚小姐有什么交集。住的地方不同，也不会在大学碰到面，双方也没有共同的朋友。我一直在想，你们到底是在哪里怎么认识的？"

澄雄的身体僵硬起来，为接下来的打击做好了准备。父亲应该会保持沉稳的目光使出撒手铜吧。他很清楚让敌人彻底断气的战斗方式。

"对于'最后的爱'这个聊天室，你有印象吗？好像是现在流行的那种手机交友网站。"

澄雄大叫起来，愤怒在他的体内上冲。"你连我的手机使用记录都去查了吗？"

父亲静静地点点头。"很遗憾，正如你所说的，在找寻你和三田小姐的交集时，查到了那个交友网站的通信记录。你们相识的那阵子，似乎在那里频繁地交换短信。当然，树里亚小姐也和你以外的其他人互传短信。她从两年前开始，就在那个交友网站打工了。"

"我和你说，那个是……"到底该怎么回话才好呢？他呼吸不上来。

"在和你碰面后，树里亚小姐仍然没有辞去交友网站的工作。澄雄，你所谓的爱，是不是设计巧妙的陷阱？在这两年里，她应该一直在找能够把自己从阴暗的世界中拉出来的救命稻草绳吧？"

原来父亲私底下有着这样的想法。澄雄总算能够好好呼吸了，他一口气说道："和我们在哪里认识没有关系！重要的是我们现在如何，以及今后如何打算的问题。树里亚真的是个好女孩，我们……"他再也说不下去了。愈是诉说自己如何真心爱着树里亚，父亲愈会觉得自己被骗了吧！桌上的披萨甜点变冷硬掉了。

沉默持续了好一会儿。弘和转开钢笔盖，翻开支票簿，流利地把数字写上去，然后把纸片撕下来，在白色桌布上把支票滑了过来。澄雄条件反射地读着数字。

"20,000,000……"是出于同情吗？

父亲低声说道："你的请求，我已经知道了。现在换我来提条件吧。我只要在这张支票上签名，它就能够兑现。光是这些钱，不但可以帮三田小姐脱离眼前的困境，也能够供她上大学了吧！只要你愿意答应我的条件，我就当场签名。"

澄雄的喉咙干干的，自己的声音变得好像别人的一样。"你的条件是什么？"

父亲很擅长交涉。"对你来说或许是严苛的选择。我用某个作家对恋爱的定义，帮你仔细思考一下。"

澄雄不懂这指的是什么事，沉默不语。

弘和说："对方的幸福对自己来说不可或缺之时，称之为恋爱。你是不是能够以树里亚的幸福为第一考虑，而不是自己？"

年轻情侣如果突然被别人问到这样的问题，会有几个人回答"不"呢？澄雄不由得点了头。"我懂。"

父亲也用力点了头。"这样呀，那很好。那我就讲我的条件吧！"

澄雄吸了口气，等着听接下来的话。

"首先，你要好好从现在的大学毕业。现在是大三暑假了，周遭的人应该已经在忙着找工作了，不过你没有必要现在就急着找工作。等你毕业后，到美国去读研究生，这是第二点。法律或是管理都行，要好好拿个学位回来。然后，最后一点，也是最重要的一点，你要和树里亚小姐分手。她不适合你，你们居住的世界也不相同。在交友网站认识的女人，不能进我们江崎家当媳妇。"

澄雄全身的血液如冻结了一般，指尖也渐渐变冷。他完全没有任何话可以回应。到美国去留学、和树里亚分手。这样子，树里亚真的能够幸福吗？

父亲又接着说："你只要放弃这段感情就行了，不觉得很简单吗？只要舍弃掉自己的幸福就行了，这样子树里亚小姐就能得救。"

光是呼吸就已经很吃力了。澄雄的体内，涌起某种激烈的东西。

"或许你们两人会难过好一阵子。但几年后再回头来看，会觉得这样做是对的吧！树里亚小姐可以一面专心于父亲的恢复，一面上大学。她可以不必再过在面包工厂工作、年收入只有两百万元的非正式员工的生活，反而可以在大学毕业后，好好再挑战人生一次。她的人生可以从零重新开始。这不是还不坏的交易吗？"

那个时候，她身边已经没有自己了。两人各自在不同的地方过着自己的人生。他想象着树里亚身着套装、朝玻璃大楼走去的样子。那样就能让树里亚幸福吗？

"你可以不必马上回答我，自己仔细想想看。但你必须先考虑对方的幸福，而不是自己的幸福。男人就是这样谈恋爱的。"

弘和拿起支票，收进西装外套的内袋。白金手表从他衬衫袖口露了出来，在澄雄眼里留下白色的光辉。澄雄不由得差点笑出来。父亲为了拯救树里亚的未来，不，为了把独子买回来所投资的金额，和那种手表的售价几乎相同。

对这个人而言，那种程度的花费根本不痛不痒吧！澄雄凝视着瑞士手表那滑动的指针。

二

　　澄雄回到位于高层住宅的自己房间。他坐在窗边，俯瞰东京的夜景。一如往常，是美得毫无意义的夜景。夜晚的黑暗覆盖住这个城市丑陋的部分，无数的亮光只照耀出表面的部分而已。

　　澄雄觉得，如果像父亲讲的那样舍弃自己的幸福，似乎就能解决树里亚绝大部分的问题。但只因为这样就要承受这么严酷的结果，实在很痛苦。明明相遇以来才不出几星期，为什么对方的存在会不可或缺到这种地步呢？

　　树里亚的样子，融入了东京隐约带着光亮的夜空之中。他第一次在手机的液晶画面上看到的长相。第一次在横滨碰面时的牛仔裤装扮。如同逛游乐园般快活地看着大学校园的侧脸。站在这房间窗边、冲澡后全裸的背部。在医院屋顶上发出野兽般的声音那晚紧实的腰部。只要放弃这一切，就行了吗？这时，澄雄的手机响了起来。他打开手机盖确认短信。

　　　　这次换我病倒了！
　　　　现在我正在打点滴。

今晚我会睡在这里吧！

虽然，和那个死老头住同一家医院是很令人厌烦的事……

澄雄也要注意身体哦，拜啦。

澄雄马上做好外出的准备。走出玄关时，他对着继母美纱惠出声道："树里亚似乎病倒了，已经住院，我去探望她一下。今晚我不回家，请和爸说一声。"美纱惠说着什么，传来一阵脚步声。澄雄慌慌张张关上金属门，在内廊上奔跑。他在电梯里发了短信。

我马上去！

今天晚上有事一定要告诉树里亚不可。

有人说真正的爱情里，

对方的幸福是不可或缺的，这是真的吗？

你有没有需要什么东西？那，待会见。

澄雄到达树里亚的病房时，已过了晚上十点。这是个四人病房，但其他三张床都空着，只有叠好的毛巾被摆在床垫正中央。窗户虽然开着，却是个闷热的夜晚。闭着眼睛的树里亚在澄雄于钢管椅上坐下的同时，睁开了眼睛。

"还好吗？"

"嗯，医生说是过度疲劳与睡眠不足。"澄雄把便利商店的袋子放在床边，里头有矿泉水、面纸与巧克力。

"真抱歉发短信给你。本来不想告诉澄雄，但想不讲的话你日后一定会骂我。"

澄雄看着树里亚伸出来放在毛巾被上的手。左手无名指上，戴着那一晚那个绑头发用的蓝色橡皮圈。蓝色玻璃珠在读书灯的照射下，闪闪发光。"你不必客气啊！再说能碰一下面也很好。"

"你说有事情要告诉我，是什么事？"

穿过纱门进来的风，吹过了病房。澄雄在钢管椅上伸直背，把先前父亲弘和所提出的条件告诉了她。树里亚仍是一副倦容，往上看着天花板听他说，几乎没有反应。全部讲完后，树里亚叹息般地笑了。

"两千万元是吧！"

"嗯，有了这笔钱，你父亲可以得到最好的康复训练，树里亚也可以上大学，这样的话……"

树里亚似乎没在听澄雄讲话。她打断澄雄的话喃喃说道："那这就是和澄雄的分手费了。"

过了熄灯时间的黑暗病房里，从窗户下方听得见汽车的喇叭声。改装车以大到让窗户玻璃为之震动的大音量播放着流行歌，开了过去。

"我也不是很清楚，但应该是这样没错。"

树里亚依然打着点滴，她抬起上半身，露出了锁骨。"澄雄你怎么想？"

"不知道。但树里亚已经到了极限对吧！再这么下去你的身体会因撑不住而垮掉的。"

她沉默了，目不转睛地凝视着澄雄的眼。澄雄并不知道树里亚在想什么。树里亚扑哧一声笑了，躺到床上说："两千万是吧？或许是不坏的交易啊！"

"你在说什么啊？"

树里亚躺着瞪着澄雄。

"因为，这样的话，澄雄就能够好好去留学，找家公司好好上班了不是吗？因此没什么不好，比和我在一起而成为打工族要好太多啦！"

澄雄心想，和自己那时候一样，两人都是先想到对方。父亲所讲的，不就是这样的事吗？一种"对方的幸福比自己的幸福重要"的信念。

"我一直觉得很不可思议。为什么澄雄明明出生在那么高高在上的地方，却刻意要走到下面来呢？澄雄一直带着一种'如果我不降低自己，就无法幸福'的表情，好像引擎坏掉的飞机上的乘客一样，如果不把一切都丢掉，就无法得救。"

澄雄的身子在钢管椅上僵硬起来。自己到底在恨些什么？出生在优越环境中一事，却让他在树里亚面前有一种自卑的感觉。

"不过，已经无所谓了，不要再逞什么强了。无论是生来有钱，还是你父亲的工作、一流的大学，全都没有什么好难为情的呀。顺便告诉你，你这么温柔，肯定受女孩子欢迎。你应该抬头挺胸活在这种令人羡慕的条件中才对。"树里亚对着旁边空病床的方向说话，她的语调变得奇怪起来。

"你在哭吗，树里亚？"

"我在哭啊。澄雄这样伤害自己，我实在看不下去。澄雄已经再没必要去想自杀的母亲的事了，也可以不必把自己的幸福当成什么不好的事。和我这种人在一起，澄雄也会变差的。我虽然很爱澄雄，但已经无法和你再在一起了。"

树里亚拿毛巾被遮住脸，发出声音哭着。澄雄的心似乎有一部分麻痹了，如此认真替自己考虑的树里亚的话，并没有直接进入他的心中。澄雄以梦呓般的口吻说："就算能够买到再多大家想要的东西，也不会变得幸福啊。无论是我还是树里亚，一定都不适合什么幸福吧！我父亲提出的条件虽然很吸引人，但我们两人要不要再多努力看看？"

　　树里亚把毛巾被往上拉，露出脸来。她那双因为泪水变得通红的眼睛，带着一股深深的怒气。"你还在讲这种话？我们两人没有什么未来啊。我不需要那种会让澄雄的生活变糟的未来。只要那个死老头和我都消失，也就行了。"

　　"……树里亚。"

　　树里亚拨开了澄雄伸出的手。"你可以不用再讲甜言蜜语了。我也很想上大学，也很想让我老爸得到更好的恢复。这两千万我收下了。如果只要收下钱，我就能与澄雄分得干干净净的话，那这笔分手费我收了。反正我完全没有什么好犹豫的。这可是那家面包工厂十年的利润啊。当成我和一个不懂世事的大学生少爷交往几星期的工资看，算是很棒的工作了啊！"树里亚的泪水一滴滴沿着脸颊滴到了睡衣胸前。

　　既然她已经展现出这种勇气，澄雄也只能配合她了。到底什么才是自己的幸福呢？他静静说道："这么做，真的没关系吗？"

　　树里亚打定主意不与澄雄四目相接。"吵死了，都已经决定了。我已经以两千万元卖掉了这份爱。拿到钱后，我和你就没有任何关系了。"

　　"我知道了。你不要太逞强啊……那个，身体方面也是。"澄雄从钢管椅上站了起来，发出咯吱咯吱的声音。那一晚，他原本打算睡在树里亚病床旁的，但树里亚以全身力量在拒绝澄雄。他的脚使不上力气，只得摇摇晃晃地走出病房。

在一直开着的门口，树里亚对他出声道："再见了，澄雄。"

他什么也无法思考，条件反射地说出口："再见了，树里亚。"其后一直到夏季的天空提早变亮为止，澄雄都在横滨街上到处乱走。

第十三章

一

　　澄雄在港见丘公园迎接了黎明的到来。

　　之前在这个公园迎接黎明时，身边有树里亚在，但这次却是一个人。晨间的薄雾笼罩着夏天的横滨港，像明信片般好看。但这份美，完全没有传达到澄雄的心里。

　　"树里亚以两千万把我卖掉了……"

　　心底只有一片空白的思绪而已。自相识以来，明明才经过了三星期左右，为何树里亚会变成如此不可或缺的一个人呢？如果说这就是爱情，就没有什么像爱情这么可怕的东西了。自己的心，完全被某种外在的、自己说什么都动摇不了的东西所掌控。

　　澄雄从坚硬的长椅上站了起来，拍拍牛仔裤的臀部。就在他拖着沉重的身躯正打算离开公园的时候，手机振动起来。振动模式的手机不吉利地响了三次，告知他有短信传来。

　　澄雄，帮帮我……

　　我老爸第二次出血了。

　　我已经不知如何是好了。

体内的迷雾似乎消散了，树里亚找自己帮忙，澄雄很开心。这么说可能太轻率，但他甚至觉得要感谢三田丰第二度脑出血。在那样分手后，树里亚还会找自己，光是这样就足够了。澄雄一离开港见丘公园，马上叫了车。黄色的出租车一面弹开夏日的阳光，一面在早晨的港町奔驰。

"因为是晚上，所以没有人注意到。"树里亚在加护病房外的走廊上如此说道。她的左手贴着有点滴痕迹的创可贴，坐在黑色的长沙发上。树里亚如吐出苦涩的东西般笑了笑，说道："我在别的楼层睡觉，不在他身旁，因此也没办法。刚才医生说了，脑出血的再发率在两星期以内很高，相当危险。"

澄雄坐在树里亚的身边，但犹豫着该不该牵她的手。自己与她不是已经在昨晚分手了吗？搞不好他是在两人谈着澄雄父亲开支票的事情时，第二度出血的。

"你父亲的状况如何？"

树里亚依然面对着医院的白色墙壁。她的表情也和墙壁一样空白。"他刚因为脑出血动过手术，很难再动手术。医生说目前暂时靠药物维持，以观察状况。"她回头瞄了一眼后方的加护病房。"意识尚未恢复，自主呼吸似乎也很微弱。医生说要有心理准备，但是也可能就这样接着机器活好几年，医生说他也无法预测。"

澄雄觉得，对树里亚来说，父亲是她的诅咒。每当树里亚要自行开拓人生时，父亲就会成为挡在前方的阻碍。如今，那个男人把自己的生命当成了锚绑在树里亚身上，好让她无法离开。

"我问你，你知道在我确认那死老头还活着之后，最先想到的是什么吗？"树里亚以茫然的眼神凝视过来。"澄雄一定也会哑然失笑的。我觉得'真是太好了'。这样我就又有理由可以和澄雄联络了。那家伙本来差点就死掉了。"

澄雄轻轻握住树里亚的右手。"我也很开心。本来我还以为我们就那样分手了。"树里亚也用力回握他。澄雄心想，这个人的指头原本就是这么柔细吗？

"我思考了一个晚上。如果能拥有两千万元这种如做梦般的巨款，会是何等轻松之事。我想的净是一些开心的事。可是，没有办法。如果没有澄雄，就算再怎么有钱，就算我上大学，也完全开心不起来啊！"

澄雄不假思索就说了出口："既然这样，我们两个人一起过吧。一直努力到两个人能够生活下去为止。两个人一起的话，总会有办法的。"

树里亚短促地笑了笑。"每个人都会这么说呀。只要活着，总会有办法。说什么总有一天好日子会到来。虽然对我来说，好日子从来没有出现过。"

澄雄用力握紧树里亚的手。他不能让她再往另一边靠过去。绝望，是个无底的深渊。

"我去向我父亲回绝支票一事，可以吧！"

树里亚瞥了澄雄一眼。"嗯，没关系呀！虽然日后可能会后悔啦！"

"我知道了。"

澄雄牵着说自己没有食欲的树里亚的手，朝医院里的餐厅走去，让她吃了半个左右的三明治后，两人在医院大厅道别。在回东京的电车里，澄雄发短信淡然回绝了父亲的要求。他觉得都是自己的错，不该一开始就想靠父亲。树里亚与自己的未来，全都属于自己和她。必须要以自己两个人的力量去工作、去开拓才行。澄雄开始认真思考起找工作的事。

二

　　回到家里的澄雄换好衣服、洗好澡后，往六本木的常春藤书屋走去。由于他过去并无一毕业就工作的意思，因此完全没有关于招聘企业的信息。他买了约莫半打的就业情报杂志，返回位于高楼大厦的房间里。

　　什么一辈子的工作、什么有成就感的工作、什么受学生欢迎的工作等等，他都无心去找。没有那份闲情逸致的澄雄，目光最先飞过去的，净是起薪的数字。可以的话，澄雄希望以自己赚来的钱让树里亚升学。

　　那天，来自树里亚的第二条短信，是在太阳正西沉到高楼大厦间的傍晚六点多发来的。如成熟水果般柔软的太阳，渐渐落到了不锈钢与玻璃的山谷之中。

　　　　有些说什么都想见面告诉你的事情。
　　　　临时找你，请给我三十分钟就好了。
　　　　现在我正要过去你那里，到了我会打给你。

　　澄雄最先想到的，是树里亚父亲的死。

会不会是那个男人承受不住第二次脑出血而死了呢？这样的话倒也不错。不过，树里亚不可能因此而到东京来，而会留在医院忙着处理后事吧！澄雄一时之间对于自己希望那个接着人工呼吸器、陷入昏迷状态的男人死去的想法感到可耻。可是，他又想到，如果没有那个父亲存在，自己和她可以变得多么自由。心底的这个盼望，挥之不去。

　　读过短信后，他无法再专心待在自己那个四处散落着就业情报杂志的房间里。他拿着手机和钱包，搭电梯来到地面上，在六本木山庄底部的广场恍惚地打发时间。眼前的建筑里，明明有如此众多的财富，但树里亚与自己却都无法取得。这个世界是彻底的不平等，没有什么方法能够平衡。

　　澄雄怀着麻痹般的心情看着夕阳。手机约莫在三十分钟后振动起来，听到的是树里亚没有精神的声音。"我到了，现在正要走出日比谷线的检票口。"她的声音低沉而微弱，澄雄很担心。"还好吗，树里亚？我在Metro Hat这里。"

　　Metro Hat是个玻璃建成的巨大半圆形屋顶，它联结了六本木山庄与通往车站的地下通道。澄雄在犹如从地狱底部往上攀升的手扶电梯终点等待树里亚。太阳西沉，周遭突然变暗下来。只有照着六本木山庄玻璃墙的探照灯，变成一把光剑，在夜晚的天空砍来砍去。

　　穿着白色T恤的树里亚，搭着电梯缓缓上来了。她更像一个制作精巧的娃娃，而不是人类。

　　"有事情不对劲。"澄雄心底的不安蠢蠢欲动。即便已察觉到自己在这里，树里亚的表情依然完全没变，她身上的每一根头发都显得不快乐。她僵着脸，好像缺乏情感一样。

在只差几阶之处，澄雄出声问道："树里亚，到底怎么了？"

"完蛋了。"树里亚摇摇晃晃地离开了电梯前方。人工瀑布如玻璃屏障般围住了整个广场。

"你说完蛋了，是指什么？你父亲还好吧？"

树里亚突然笑了一下，说道："那个臭老头没事，但我完蛋了。"

澄雄的双手放到了树里亚的肩上。即便如此，树里亚还是不与他对看。他摇着树里亚消瘦的身体说："树里亚不是好好地在这里活着吗？是什么完蛋了啊？"为何自己会这么焦躁呢？似乎被树里亚的绝望感染到了。

她抬起如玻璃珠般的眼睛，凝视着澄雄。"傍晚我去了面包工厂，像平常一样要打卡时，我的卡却不见了。我心想怎么了，好奇怪。我原本以为，是不是昨天病倒后，有人帮我把它收起来了。"完全没有抑扬顿挫的平板语调，表情也没有变化。

"然后呢？"澄雄不知道树里亚想说的是什么。

她露出面具般的表情说："我跑到人事部去，问我的考勤卡在不在那里。结果，科长出来了。他是个没什么头发、戴着老式眼镜的讨厌家伙。他叫我到沙发那里坐一下。"

事情的发展渐渐明朗，澄雄有一种很不祥的感觉。"科长说，在上班时间那样昏倒，公司很麻烦。他说生产线因为我而停顿，造成很大的损失。他叫我把放在那里的私人物品带回家。"树里亚耸着肩膀呼吸。那是日文中听不到的话语。

"合约解除了。'解除'这个字眼，总觉得我们好像机器一样。我，被开除了。"

澄雄紧抱住她如娃娃般没有力气的身体。他找不到可以讲的话。

树里亚以粗哑的声音说："那间工厂每周发一次工资，到下星期为止还没事。但以后，我就既无工作，也没有一毛钱收入。"

"和他们说你父亲生病的事也没用吗？"

她重重下垂的下巴，碰到了澄雄的肩。树里亚在他耳际的说话声，好像别人的一样。"和家里的事没有关系。公司对于合同工，随时都能自由解雇。科长说他无能为力，还说生产线暂停所造成的损害没有要求我赔偿，我就应该要感谢他了。"

澄雄的身体因为怒气而颤抖。但实际的合约内容，也是只对企业有利吧！最近虽然非正式员工也有工会活动，但就算现在加入工会，与对方力争这是不当解雇，在此过程中树里亚的生活还是会陷入困境吧。在拼命奔走才勉强能够糊口的生活中，父亲突然生了重病倒下；父亲还在加护病房病危时，女儿又在一天内遭到解雇。树里亚的未来，完全看不出任何光明的征兆。

就算澄雄抱着树里亚，她的脸上还是完全看不出情感。"神大概是要我们家全都死光吧！"澄雄什么也没说，抱着树里亚细瘦的身体。眼一抬，看到了灯光对着夜空一闪一闪的住宅大楼。只要里头住户房租的十分之一，树里亚就有救了。

"我的存款全部借你。在这期间，你就找下一份工作。我也会打更多的工。"

树里亚以干涩的声音说："我已经累了。对于活在这个世界上，我已经累了。刚才在横滨站的月台时，岩渊打电话给我。"

澄雄想起那个私人高利贷业者阴沉的表情。

"我和他说我失业了，他好像用舌头舔着嘴唇般说：'你仔细想想吧，你能够靠合同工或打工的薪水一面过生活，一面照顾老爸的病吗？如果你有那个意思，明天就把你介绍给特殊行业的店。'"

澄雄离开树里亚的身体，看着她犹如刚擦干净的镜子般的眼睛。里头只反射出澄雄自己而已。树里亚的眼底，甚至连悲伤也没有。

"你怎么回答？"

树里亚一边的嘴角上扬笑道："我和他说我会考虑看看啊。除此之外，我还能说什么？因为搞不好真的要请他帮忙了。"

"树里亚……不要去想这种蠢事。"

树里亚拨开放在她肩上的澄雄的手，大叫："这事哪里蠢了？我原本就在交友网站骗人啊。特殊行业和交友网站有哪里不同了？像我这种人，既不被这个社会需要，也很龌龊。我已经走投无路了，完全无处可逃了，我已经完蛋了啊！"她大大的眼里，泪水愈积愈多。但树里亚绝不让泪水滴落。"我很想要钱啊。澄雄你父亲的两千万元，我想要得要死。但我不想和澄雄分手。如果在这种心情下变成孤零零的一个人，有再多的钱都让我想死。"

光是听到这番话，澄雄全身就失去了力气。叫人家加油很简单，但到底要加油干什么，却完全不知道。要怎么做，才能度过这次的危机呢？

"没钱的话，就只能运用身体了。每天以几个男人为对象的我，澄雄你还会爱吗？"

澄雄一时之间为之语塞。

树里亚寂寞地笑了笑。"这也是难免的啊。任何人都无法爱这种女人。分手会痛苦到死，在一起也痛苦到死，两边都一样是地狱啊。"

澄雄想起来了。这种时候，不是有一种叫做"公共资金"的东西可以运用吗？

树里亚缓缓摇了摇头说："我有一些朋友是单亲妈妈，其中有人在领它。可是，可是，才十万元出头，一个人过生活就很吃力了，根本付不起老爸的什么治疗费。而且那种补助的审查极其严格，我这种人没办法。"

四周完全暗下来了。六本木山庄的夜晚，才刚开始。年轻情侣们穿得漂漂亮亮的，开开心心地从两人身旁走过。树里亚以空洞的眼神目送着他们说："澄雄就回到你那边的世界去吧。和我在一起的话，我们只会一起跌入地狱。我现在只用指尖紧紧抓住这个世界不放而已。只要再推我一下，我就会跌入无底的深渊。"

这时，树里亚的手机响了起来。她慢吞吞地打开手机盖接了电话。澄雄把耳朵靠过去，微微听到的是略有印象的男子的声音。

"树里亚吗？一件好事报给你知道。平冢有一家休闲中心女孩子人手不够，正在发愁呢。那里每天结算工资，保证至少给你两万元。那里禁止出台，因此工作上只要用嘴和手而已。你要不要就当成在揉奶油面包一样去做做看？要不要明天就到店里去？"

在树里亚回话前，澄雄抢走了手机，对着好似用针戳出来的通话口叫道："树里亚决不会去那种店！她会和我一起努力活下去。你不要再打给树里亚了！"

原本以谄媚声讲话的岩渊，态度完全变了，传回来的是刺耳的叫声："小鬼，你可不要小看老子啊。说起来，你算那个女人的什么呀？你觉得像你们这种小鬼，就算两个人一起打工，就能够付得起生活费和治疗费吗？她在我们这里还有一屁股债要还呢！要是忘记这件事，我们可是饶不了你们。"

澄雄冷静下来。"最后那点和她无关，那是她父亲借的钱吧。"

岩渊以威吓的口气说："对啊。但做爸爸的借钱，孩子来还不是天经地义吗？"

树里亚露出担心的神情看着这里。

澄雄点头示意她放心后说："父母的债务与孩子没有一丁点的关系。树里亚连一毛钱都没有义务支付。我已经问过我家的律师了。如果你还有不满，就到医院的加护病房去。那个人目前在昏迷中沉睡，你的威胁想必会很有效的吧！"

岩渊放低了声音。"小子，你的夜晚不会永远那么明亮。和那种女人扯上关系，你也不会有好事的。大少爷就赶快回东京去用功读书吧！你这个人，和我以及那个女人，身处的是不同的世界。"

这种事只要看看眼前的摩天大楼，就一目了然，就算讨债人不讲也一样。六本木山庄的高层住宅与暗淡的深绿色廉租房。澄雄与树里亚。这个世界里，存在着残酷的上与下。

澄雄沉默不语后，岩渊说道："你听好，你和那女人在一起，只会渐渐往下掉而已。我做这个工作很久了，这种人已经看过不下几十个了。那个老头和那个女人受了诅咒，他们一直到最底部为止，都不会停止坠落。我不知道你自以为是谁，但对于彻底遭到幸运抛弃的家伙，没有人能够拯救。你好好记住这件事吧！"

盛夏的夜风吹到这里，是让人全身起鸡皮疙瘩的冷风。岩渊的声音听起来像是从黑暗中传来的一样，那似乎是来自黑暗本身的预言，而不是流着血液的人类所讲的。澄雄的手因为汗水而湿透，手机差点滑落。

"为了你好，我话先说在前头吧。那个女人的不幸比你的幸运还要强大。和她在一起的话，你会毁灭的，你们会一起到达最底层。我会大笑着看看你们跌到什么地方为止。不要再讲什么爱啦、情啦、性啦。她不是你承担得起的女人。你还没有看过真正输到脱裤子的人是什么样子。那已经不能称为人了。"

澄雄很想顶嘴，但找不到任何字句。岩渊的话，听起来像是骇人的事实。那或许是来自澄雄完全不了解的世界的黑色智慧。讨债人的话语中，有着一种唯有真实才具备的可怕迫力。

"你会因为那个女人而粉身碎骨的！不是一辈子过着最凄惨的生活，就是干脆和那个女的一起寻死。"岩渊因为自己的玩笑而笑了。高亢的笑声在耳边散开。

澄雄不由得叫道："如果是和树里亚一起，死了又何妨！与其分离，不如死了好！"

传回来的是平静的声音。岩渊似乎微微笑了笑。"笨蛋！死了的话，就什么也没了。你听好，转告那个女人，我会再打给她，随时都可以帮她介绍好店。"

电话切掉了，澄雄茫然地站在那儿。他关上手机，还给树里亚。

树里亚不安地说："对岩渊讲那种话，没关系吗？"不知道为什么，身体止不住地颤抖。

澄雄勉强堆出笑容道："没关系，一定有办法的。一定能找到翻越这座山的方法。树里亚，不要放弃。"

树里亚过来抱他。澄雄的心中满是焦躁，因为他完全想不出任何一种能够让自己和她跳脱这个大坑的方法。

树里亚那黏着般的声音在耳际传来："我很害怕。今后，我们会走到哪里去呢？这么痛苦的事，我想要全部结束掉。澄雄，我想要把一切全部结束掉。"

澄雄紧抱着树里亚颤抖的身躯，站在重新开发的明亮广场上。不知道哪里的扩音器，向这里播放着好莱坞电影的甜蜜片尾曲。要是能保持这样，早晨不要来，有多好！要是世界末日能够今天就来，有多好！澄雄一面怀抱着这样的希望，一面以环抱到树里亚背部的手，不断轻抚着她细瘦的背部。

第十四章

一

　　几天后，两人约在山下公园见面。

　　这是树里亚与澄雄首度一起吹海风的回忆之地。树里亚的身体
状况都还没恢复，又开始为找接下来的工作及照料父亲而忙个没完
了。由于担心树里亚日渐变得阴郁，澄雄硬找她出来约会。

　　夏天明亮的傍晚。

　　海边的建筑物像是要与渐渐变弱的阳光竞赛似的，一个个点起
灯火。暑假放到一半、穿着单薄的情侣们手拉着手，在听得见波浪
声的小道上散步。华美的都会公园中，唯独澄雄与树里亚所坐的长
椅，如同处于微暗的环境中一样阴暗。

　　"你父亲那边，如何？"

　　树里亚没有看澄雄，而是凝视着横滨港及其上方澄澈的呈现紫
色的天空。她的视线，透明得让人完全感受不到内心的痛苦。

　　"病情似乎稳定下来了。但自主呼吸仍旧微弱，因此还是不能脱
离机器。我好讨厌那种咻咻的声音，一待在旁边就会睡不着觉。"

　　澄雄想象着树里亚躺在加护病房外走廊的沙发上的模样。在那
条走廊的日光灯照射下，树里亚应该无法成眠到天亮吧！"你的身

体状况还好吗？"

树里亚咧嘴一笑，看向澄雄。她的眼睛四周干干的，原本柔和的脸颊瘦了一大圈。一星期的时间内，树里亚好像老了十岁一样。"勉强没有问题。我，看起来有没有一种像是被死神附身的样子？"

澄雄不禁别开眼，看着自己运动鞋的鞋尖。"为什么你会这么觉得？"

"因为，无论到哪家公司去面试，都不顺利。只要我说明家里的状况，讲出父亲生病的事，我发现面试我的人就失去了兴趣。"

人都不喜欢听别人讲不幸的故事吧！树里亚的脸蛋看起来不像是年轻健康女性的脸。他想起那个讨债人讲的，树里亚受到了诅咒，是个没有人能拯救的、彻底遭到幸运抛弃的人。

树里亚叹了长长的一口气。"唉，我到底是做了什么坏事呀？好像变成透明人一样，每个人都把视线从我身上移开。"

澄雄握住树里亚干燥的手。"没问题的，有我在。"

海风吹着，吹乱了两人的头发。在面对大海的广场上，这么早就有喝醉了的一群学生在那里发出呼喊声。

"这一点我很开心，但我觉得自己可能真的像岩渊讲的那样。澄雄还是不要和我牵扯下去比较好，不然……"树里亚陷入沉默。

澄雄明知道那不好的答案是什么，仍迫不及待地问："不然会怎样？"

"……一定也会有不好的事发生在澄雄身上。我的不幸是会传染的啊。"

澄雄在握住她的手上使了力。树里亚完全没有回握。"我的运气很好，所以没关系。两人的运气加起来除以二，就能得到一般人的幸运呀。"

　　澄雄心想，自己真正想要的，也是就是这样了。不是年收入以亿元为单位的父亲，不是自杀了的母亲，也不是在六本木山庄高层住宅里的家。他想要的，只是普通而安静的生活而已。这一点，树里亚一定也是一样吧。自己与树里亚分处于这个社会的上层与下层，活到现在，却都向往着两个人都无法得到的"普通生活"。然而，树里亚却打算在澄雄的眼前，穿过无数地狱的其中一个的底部，再往更下面的地方摔。

　　"每次一睡觉我都会想到，要是能不要再醒来就好了。什么早晨，最好永远都不要来。澄雄，我想要解脱。"

　　澄雄想着自己周遭的人。只要找到任何一个真正幸福的人，或许就能说服树里亚。家人或朋友一个一个浮现在他脑海中，每个人都为了活过当天而拼命地在努力。什么幸福到全身散发光芒的人，或是百分之百幸福的人，他一个都想不出来。

　　澄雄自己的求职，也不如预期般顺利。在找工作中，少不了自我推销以及进公司后的干劲。但澄雄的工作意愿很低，也无意自我推销。他找工作，只是为了帮助树里亚的生活而已。大学就业科的负责人员对这方面的事很敏感，也告诉他这一点，说必须要多把自己的意愿往外展现出来才行。在澄雄的心底，完全不想从事什么对这社会有贡献的工作，因此他在求职上有很大的障碍。社会已经这么丰足、这么繁荣了，没必要再踩更多油门了，不是吗？金钱与物资也都很充足。站在人生入口的那瞬间，澄雄已经是一个放弃自己的人了。

存在于两人之间的，只有不带大海气味的海风，以及夏天傍晚那种略带甜味的空气。

"我找工作也很是狼狈。人毕竟还是会仔细观察对方。一个人要是没有什么干劲，似乎马上就会表现出来。"

树里亚默不作声，有好一阵子没有回话。澄雄把自己找工作时也碰到的各种完全不开心的事都讲出来后，她开口了，用的是几乎听不见的小音量。

"……想要结束这一切。"

澄雄凝望着完全变成夜色的天空与海。树里亚的眼中，似乎也染上了那种色彩。在因为憔悴而显得变大的眼里，晃动着透明的藏青色。

"你说什么？"

"我想要结束这一切。"

这次换澄雄沉默不语了。

"我已经不想再活下去了。"如同石沉大海般的恐怖话语，掉落到了心里。澄雄的身体变得动弹不得。

树里亚笑着说："尤其是以三田树里亚的身份活下去，我已经受够了。"

"不过，那是……"

树里亚任由海风吹乱了头发，把头转向澄雄这边。她以明显绝望的眼神说："我不能够死吗？"

澄雄很清楚眼前这个人身处的状况，非得要设法阻止她不可。但在他动脑思考前，身体先有了动作。他在长椅上往旁边挪了挪，一回神，自己已紧抱住树里亚瘦弱的身体了。澄雄在她的耳际说出自己想都没想过的话语。

"你不可以一个人死。不要丢下我。我无法再次忍受变成一个人孤零零的。"不知为何，澄雄的眼里溢出泪水。树里亚抱住澄雄的头，不让周遭的人看见，温柔地抚摸着他的头发。时间之流，似乎就这么停止了。夜空的颜色渐渐变深，港町上空，混合着几道由探照灯构成的光柱。

树里亚想起什么似的说："真的，可以让它结束吗？陪我一起结束它，没有关系吗？"

澄雄什么也没有想，只在树里亚的怀里点了一次头。

二

送要住在医院的树里亚回去后，澄雄在快到午夜前回到自己家。他正要直接回自己房间时，里面的客厅有声音叫住了他。

"有点话和你说，过来这里。"是父亲弘和。解开领带的父亲，背对着可以一望都心夜景的窗户，站在那儿。刚刚才从公司回来吧！继母与澄雄交错而过，往厨房走去。这是顾虑到澄雄的感受。

"听说你最近好像突然变得有心要找工作了？"

是美纱惠自以为聪明地告诉他的吧！澄雄默默点点头。

"我觉得你再继续深造、多学点东西比较好。不过，如果你有心工作，我不会反对。只是……"澄雄摆出警戒的姿势。"只是什么？"

父亲露出疲态凝视着这边。不知道是不是因为眼睛干涩，他眨了好几次眼。这个人已经老成这样了吗？

"如果你是为了那个叫树里亚的女孩才想找工作，我会觉得不妥。不要被起薪这种眼前利益所吸引，而去找能够发挥你能力的工作，会比较好。工作会决定你的一生，尤其是在日本，人会因为第一份工作的环境，而受到影响并改变。那样的影响，你一辈子都摆脱不掉的。"

父亲瞥了客厅中央的桌子一眼。澄雄买来的就业情报杂志整齐地叠放在一起。澄雄在这些杂志里，依照起薪高低的顺序，胡乱画上了下划线。

"你不光是我的儿子，也是优秀而有价值的人。请你不要随便乱找工作。如果你愿意做金融方面的工作，我可以运用关系把你送进去。要不要考虑看看？"

父亲讲的话，想必是正确的吧！只要照着这个人讲的去活，就能过着不吃亏的人生。但是，那又怎样？在这个世界上，无论身处上层或身处下层，活着都一样痛苦。"不用了。我无意仰赖您的照顾。一方面我不想占便宜，另一方面我也不想变得比别人伟大。我的生活方式看在您眼里或许很无趣，但我会以自己的方法尝试看看。"

他发现父亲的肩膀垂了下来，是因为没了力气吧。父亲的声音也变得没有张力，喃喃说道："我要给你什么，你全部都说不需要。总觉得和你死去的母亲很像啊！和她讲什么也都是白费，她只需要自己真正想要的东西。"

澄雄已经不记得母亲是什么样的人了。"每当您因为成功而变得更富裕，妈就会变得空虚！我虽不太清楚，但我觉得任何家庭里，幸运的量与不幸的量都是相同的。如果幸运都集中在您身上，就有那么多的不幸要由妈承担。"

父亲没有反驳，只对着夜景奢华的窗户说道："我对于自己的工作都尽力做到最好，并因此获得应有的成功。你是在说，这是你妈自杀的原因吗？"

澄雄的身体变得麻木起来。这是连彼此咆哮都咆哮不起来的凄苦对话。"我不是在责备你。我只是在想，人与人之间的关系，是否原本就是这样的结构？妈原本就应该背负我们家的所有不幸死去，是不是？妈死后，你不是比过去获得了更为辉煌的成功吗？"

　　父亲身着白衬衫的背影对着这里。他的肩膀似乎在颤抖，但没有回头看向澄雄的方向。

　　"或许是这样吧！你是说，我得到了超过自己实力的成功是吗？所有强求而来的部分，全都从你妈那里扣掉了。"

　　澄雄无法相信，自己竟然会讲这种事。母亲的自杀平常都从他的记忆中消去了，完全没有想起来的时候。

　　"人想必就是这样的。并不是谁的错，因此妈的事也无可避免。我觉得是早已这样注定好了的。"

　　父亲什么也没回答。澄雄说了声晚安后，父亲以不同于先前的强烈语气说："请你离开树里亚小姐。那个女孩和你妈太像了。我觉得一定会有不好的事发生在你身上。"

　　澄雄无力地笑了笑。"您已经是第二个和我这么讲的人呀。"

　　"另一个是谁？"

　　"和您一样都从事金融行业。那人说，树里亚的不幸强过于我的力量。"

　　父亲的身体从六本木的夜空那里转向澄雄这边。"科学与技术再怎么进步，最后还是只能仰赖运气。澄雄可能不知道金融世界的人有多么重视运气吧？实际看到的话，你大概会讶异吧！"

　　澄雄什么也没说，离开了客厅。

那一晚黎明时，澄雄做了一个不可思议的梦。那是小时候经常梦到的母亲自杀那天的梦。一个人走在傍晚昏暗的小巷里，从短袖T恤与短裤里伸出来的，是小学男生的四肢。男孩玩累了，嘴巴很渴，想要早点回家喝冰箱里的果汁。

　　但做着梦的澄雄很清楚。只要这样打开玄关的门，挑高的小小玄关里，就能看到母亲吊在半空中吧！向日葵花样的夏日洋装，在抬起头来的地方摇晃着。梦与澄雄的恐惧无关，会以梦里才有的速度，毫无迟滞地进行下去。他的小手摸到了门把。虽然澄雄对着男孩大叫"不可以开"，门依然猛地被他拉开了。

　　"我回来了。"

　　男孩子的声音澄澈而高亢。澄雄已有心理准备，地板上会有圆圆地扩散开来的排泄物。虽已在梦中面对母亲的遗体无数次，冲击之大依然没有改变。

　　"你回来啦。"

　　怎么回事呢？澄雄看见的不是遗体，而是活生生的妈妈。她身上虽同样穿着向日葵的夏日洋装，但却露出略带清冽感的笑容，向男孩张开双臂。

　　梦中的男孩哭了。

　　"妈妈，这么久的时间，你跑去哪里了？"

　　妈妈冰冷的手抚摸着男孩的头发。"对不起，让你一个人孤零零的。现在开始，我就会一直陪着澄雄了。"

　　男孩睁开满是泪水的眼睛，在近处看到了母亲的脖子，上头还留有变成蓝黑色的绳索痕迹。

　　他抬头去看挑高的天花板，绑成一圈的、吊货用的尼龙绳，微微晃动着。

"妈妈，你死掉了吗？"

母亲紧贴着他耳边说："是啊！不过，我会一直陪着澄雄。今后会一直陪你哦！"

醒来时，澄雄没有流汗，也不觉得不舒服或害怕，反而有一种堪称爽快的感觉。他看了看墙上的钟，还不到早上五点。三十七楼的窗外，是一片明亮的黎明天空。他看了一眼旁边的桌子，手机的指示灯一闪一闪地亮着，通知有短信传来。他打开短信开始阅读。

> 早安！澄雄
> 我睡不着，一直在网络上逛。
> 我想了各种逃离这个世界的方法。
> 跳楼与卧轨都似乎需要勇气，
> 而且会死得很恶心，我不喜欢。
> 这一点上吊也是一样（这件事澄雄很清楚吧）。
> 一氧化碳中毒或吃药好像不错，
> 但一氧化碳中毒需要车子，
> 在高温下待在狭窄的车内，
> 变得汗流浃背的，毕竟还是不喜欢。
> 因此，我想吃药是最好的方法。♥

是十五分钟之前才发来的。澄雄在床上想起昨天的约定。树里

218

亚希望结束一切的想法，是认真的。如果能够一起走，倒也不坏。在那个世界，母亲也在等着他。"活着最棒"这种想法，是活着的人自欺欺人的想法吧！

> 很幸运，我手边有很多安眠药，
>
> 再配上其他的药似乎效果更好。
>
> 我看了各种地下网站，
>
> 他们在卖好几种药。
>
> "奈落基宁"这种止咳药好像不错。
>
> 应该可以作用到呼吸中枢上，静静地帮我们停止呼吸。
>
> 致死量是四十颗，但为了安全起见（笑），
>
> 我想应该需要多一倍。
>
> 吃这么多的量，
>
> 或许还要再添点儿止吐药之类的才行。
>
> 活着的时候如果要计划什么，
>
> 总是那么辛苦，
>
> 但现在调查这些东西，
>
> 却是有趣到不行啊。
>
> 总觉得有点颠倒过来了。

几乎通篇都显得兴奋不已的让人振奋的短信。树里亚大概没有睡觉，一整晚都在搜寻什么方法最好吧！澄雄合上手机，双手把它抱在胸前。如果回了这条短信，就决定了一切吧！澄雄的心中没有迷惘。或许还在延续梦中的感受吧。他长久地眺望着由亮粉色变成

蓝色的天空，然后才打开手机盖。黎明的心，就像早晨最先到来的夏日天空一般澄澈。

> 树里亚，早安。
> 昨晚，我和我爸聊了聊。
> 我爸也说了和那个讨债人一样的话。
> 大人的意见，差不多都一致。
> 他说我没有力量可以让树里亚幸福。
> 既然这世界无法让我们一起幸福，
> 也就没有理由待在这儿了。
> 如果我们的离去可以减少不幸的总量，
> 或许这最后的逃离，也会有它的意义。
> 方法就交给你了。
> 与树里亚相识，真太好了。
> 或许只剩下一点点的时间，
> 可以的话，我们开心地度过吧！
> 我希望能够开朗地向大家说再见，就像这片天空一样。
> 今天也能够碰面吧？

澄雄打开手机的相机，拍下黎明的天空。即便只有一小片被拍到液晶画面上，仍鲜明地留有天空的透明感。他发出带照片附件的短信，只穿着一件T恤站在窗边。

夏季的一天正要开始。从今天起，一天一天倒数。剩下的天数，用手指就能计算出来了吧！

一想到以后就再也看不到了，眼前这一片如沙漠般绵亘的东京风景，也变得美不胜收。他对着没有开启的窗户张开双手，把身体往玻璃靠过去。澄雄对着黎明时的窗户，紧抱东京这个城市。他想要对无数在这里生长的人、无数的家庭与房屋，全都说再见。谢谢你们陪我生长在同一个时代。

　　桌上，手机响了起来。他打开手机，看起了短信。

　　　　好美的天空！
　　　　我俩的最后那一天，
　　　　要是也能够有这样的黎明就好了！
　　　　我已经没工作啦！
　　　　不管今天还是明天，
　　　　都能够和澄雄碰面哟。
　　　　由于我收到了通知，
　　　　因此今天我会写信给地下网站，
　　　　先把药的事情查好。
　　　　一旦安心下来，总觉得肚子好饿。
　　　　现在我要小睡一下，
　　　　白天要不要在横滨那个看得见港口的地方，
　　　　吃我亲手做的汉堡？
　　　　决定要画上句号后，
　　　　世界变得闪耀起来呢！
　　　　真奇怪。
　　　　我们两人完全有病啊！

澄雄读了短信，出声笑了。他靠在透出一片天空的窗户上一直笑，等到如发病般的笑声停止后，又把额头压在冰冷的玻璃上，仅仅落下了一滴泪。

末　章

一

　　星期日的涩谷，如异国的庙会一般。这里满是各色各样的年轻
人，小商店热闹地在步行街上摆出商品。盛夏的阳光犀利得让人感
受到影子之深邃，它把世界切分成黑暗与光明。还不到中午，气温
已超过三十三度。澄雄与树里亚约好，正午在涩谷中央街的牌楼下
方相见。澄雄靠在牌楼熏黑的柱子上，等着。

　　"这或许是我看到的最后一片天空了"他恍惚地这么想着。今
天是最后的一天。即便脑子里明白，心与身体仍然完全没有实际感
受。或许头脑在大踏步前进，而心与身体则远远落在后面追赶着。

　　"等很久了吗，澄雄？"

　　有人拉他的袖子，他转过头去，树里亚咧嘴而笑，站在那儿。
她和自己一样穿着白色T恤，这让他莫名开心。自己并没有特别想要
穿得一身白，或许是来自在某处看过的印象吧。树里亚紧实的腿从
黑色迷你裙中伸了出来，这双腿明天就会变得冰冷了吗？那真的是
不久后就要发生的事情吗？澄雄凝视着树里亚。人的眼睛为何能够
深邃、澄澈到这种地步呢？

　　树里亚带着毫不动摇的笔直视线说道："我准备好两人份的

药了。"

澄雄心想，该来的还是来了。无法挽救的事情，今天就要发生。但他并未因此而感到心情不好，反倒变得开心得雀跃不已。心这种东西，真的是很不可思议。

"我也从银行取出了所有钱。今天一整天，我们痛快地玩上一玩吧！"

树里亚只微微笑了笑。她用因为汗水而冰凉的手臂，勾住了澄雄的手。"那样也不错呢。光是能够在这最后的一天与澄雄共度，我就已经完全满足了。"

两人迈开步伐，加入了中央街的人潮。这附近充斥着多到用之不尽的手机、运动鞋与T恤。

两人觉得很好玩，一直拿不同的东西摸来摸去。在把玩一只据说能看电视的手机时，打着领带的金发店员向他们说道："那只手机的人气可是第一名唷。两位要不要考虑一起甜蜜地更换机型呢？它拍的照片也是高画质的，你们看，连电视画面都这么清晰。"

小小的液晶画面上，播映着星期日中午的综艺节目。艺人们仿佛是在你掩护我、我掩护你似的，相互为对方毫无意义的玩笑话大笑。澄雄与树里亚彼此对看了一下。他们已无想看的电视节目，也没有想拍的照片了。短信从明天起，也不会再发了吧！

"我们似乎已经不需要手机了，反倒应该去办理解约。"树里亚这么一说，店员露出了古怪的表情。

澄雄说："开玩笑的。但我们真的已经不需要新机型了。"

店员确认两人无意购买后，又去找下一个客人了。

树里亚咋舌道："可惜不是能够从天堂发短信到人间的手机，

不然就买了。"澄雄笑着拉了树里亚的手,迈步前行。

接着,两人在面对大马路的意大利餐厅停下脚步。

"树里亚吃午饭了吗?"

"还没。我不喜欢一个人吃,所以一早到现在什么都没吃。"店铺的橱窗里,展示着精美的食物模型。番茄意大利面卷在叉子上,像龙卷风一样立在那里。

"吃什么好?今天找家高级餐厅吃顿豪华午餐也无妨。"

树里亚摇了摇头。

"像平常那种普通的午餐就好了。我觉得这家店就可以了。我也不想因为到了最后,就做些什么特别的事。"

穿过玻璃自动门后,门铃响了,女服务生走了过来,欠身道:"目前我们客满,请在此等候。"收款机旁有等候区,摆了几张白色藤椅。澄雄与树里亚手牵着手,在那排椅子坐下。

"总觉得光是这样等着用餐,就有一种极其幸福的感觉呢!"

树里亚用力回握他的手。澄雄也如同回应般地再次用力握了她的小手。

"我从刚才开始就一直觉得好幸福。中央街看起来好像天堂一样,虽然我们去的想必不是天堂那一边。"澄雄试着想世界上的一些宗教,但他找不到任何一个不禁止两人做即将要做的那件事的宗教。"无论是往上或往下,都没有关系啊。反正,我们两个会到同一个地方去。"

树里亚咧嘴笑了,回握澄雄的手。她说:"对了,这里是店里的死角,没人会看到,所以亲亲我吧。"环顾四周。通往用餐区的通道被观叶植物遮住了，看不到。澄雄抱住树里亚的肩，轻轻吻她。

"唔，光是这样还意犹未尽呢。"树里亚伸出舌头。澄雄伸出来自己的舌头触碰她那软得多的舌头。

"可是，会有一种很奇怪的感觉对吧。"树里亚一面把香蒜辣椒意大利面卷到叉子上，一面说道。"因为，明天可能就不在这个世界上了，却还是一如往常觉得肚子饿。"

澄雄也有这样的感觉。一到中午就肚子饿，在外面走路就会流汗。不只这样，在中央街看到可爱的女孩，甚至仍会自然而然行注目礼。身体或许还无法理解究竟即将会发生什么样的事。桌上放着的两盘香草烤小羊排与恺撒色拉，几乎吃光了。

"那不是很好吗？树里亚可以不必在意体重的事，好好吃个够。"在父亲病倒前，树里亚也曾经节食过。不过，后来由于照顾父亲与工厂的工作，就自然而然憔悴了下来。澄雄很喜欢以前那个身材丰满、体形柔和时的树里亚。

"说得也是。那，我也来吃个什么甜点吧！真是棒，只要没有明天，再怎么高卡路里的甜点都能吃。"

"叫他们拿菜单来吧？"

"嗯。"

澄雄笑了，伸手招呼服务生。

用过午餐，两人像极其普通的情侣一样，在涩谷的街道上闲晃。

看看唱片行或书店，试穿秋季夹克，走累了就到咖啡店喝喝冷饮。要是不知道树里亚的肩包中放了什么，任谁也无法想象得到那一晚两人打算做的事吧！

　　一回神，如做梦般快乐的一天，已经到了傍晚。盛夏的太阳也累了，放低角度降到触及涩谷建筑群尖端的地方。两人这时候正待在代代木公园的长椅上。眼前的绿色草皮上有跑来跑去的小朋友，学生们围成一圈在玩飞盘。

　　"我们两个不知道有没有可能生出那样的小孩？"那是已经消失掉的一种可能。

　　澄雄温柔地说："我想一定会是很像树里亚的可爱孩子哟！"

　　树里亚把头靠到了澄雄的肩上。"谢谢。可是，头脑要像澄雄才好。"

　　澄雄抚摸着像小朋友般的头发说："好了，去买最后的东西吧！"两人手牵着手，离开了都心的公园。

　　他们前往的，是位于百货公司地下的红酒卖场。两人向系着围裙的店员出声问道。

　　"喂，我们想买香槟。"

　　"二位喜欢什么样的香槟呢？"英俊的店员把两人带到了位于店面一隅的香槟区。他指着从三千元到五千元不等的香槟说："如果偏爱传统香槟，可以选这一款。如果想喝水果味的淡口味香槟，我推荐这一款。"

　　澄雄看向树里亚，他似乎并不习惯这种地方。树里亚露出紧张的表情说："这个我不懂，交给澄雄你吧！"这会是人生最后的香槟。难得如此，所以他们决定喝好一点的。澄雄在香槟区走来走去，伸手拿起一个包在黄色玻璃纸里的瓶子。这是以前和父亲在餐厅里喝过的品牌，价格约两万元左右。但价格高不高，对现在的澄雄来说不是问题。

"我要买这个。"

店员露出略显讶异的表情。"那是有些年份的香槟。虽然在日本还不普遍，但今年起进口商正铆足了全力推广。现在买的话，还免费赠送两个水晶的香槟杯。"

他们正不想拿着纸杯喝最后的香槟，心想杯子或许正好可以派上用场。

"好幸运哦，澄雄。"

店员恭敬有礼地用双手捧起酒瓶，向收款机走去。两人手牵着手，跟在后面。

二

热闹的夜，降临涩谷的街道。

两人带着香槟、矿泉水、冰块与玻璃杯，爬上早已物色好的商住两用大楼的紧急逃生梯。这几天，两人已事先调查好要在哪栋大楼执行计划。这栋大楼从紧急逃生梯爬到屋顶的围篱很矮，锁头也锁得死死的。

"来，帮我一下。"

先翻过围篱的澄雄把手伸向树里亚。树里亚把凉鞋前端踩到生锈的铁丝网上，爬了过来。澄雄正要抓她手的时候，树里亚突然跳了下来。虽然她的身体有点晃，澄雄还是接住了她，然后一把将她抱住。

"好危险啊！怎么突然这样做！"

树里亚笑了，笑得一发不可收拾。

"因为，澄雄你惊吓的脸太有趣了嘛！我们今晚就要死掉了耶！稍微擦伤一下又有什么关系。走吧！"

屋顶很宽阔，水泥地上留有黑黑的雨渍。两人拿着带来的东西，往信用卡公司的霓虹招牌下方移动。从那里往下看，可以看到中央街的灯光好像一条塞满各种色彩的河流一样。

"既然两人要迎接死亡，选择经常来此约会的涩谷是不错的。"如此说出口的，是树里亚。

铺好掉在地上的瓦楞纸板，在霓虹灯下方清出一块两个人的容身之地。他们靠在仍留有白天热度的铁栏杆上。夜空中没有星星，地面上则充满亮光。夏夜的空气变得更为混浊，人类所创造的愚蠢的光线也混了进来。树里亚看着澄雄的眼，开朗地笑了。

"终于还是来到这个地方了呢！"

"嗯。"澄雄把香槟瓶与矿泉水放进了冰盒中。冰盒是在唐吉诃德杂货商店以玩笑般的价格买到的。

"澄雄，我问你，你和我认识，会觉得后悔吗？"

放进冰里的指尖，冷得让人麻痹。后悔的话，会有什么事情改变吗？"完全不会。认识树里亚真是太好了。认识树里亚之前的我，就好像只有一半活着一样。"

树里亚的眼看着看着泛起泪来。"事情明明已变成这样，澄雄还这么温柔。"

树里亚从肩包中拿出好几板银色的东西。那是她在网络上购买的止吐药、安眠药，以及强力的止咳药。澄雄对于药物不太懂，也并不关心。只要能够有效，什么药都没关系。

澄雄与树里亚躺卧在瓦楞纸板上，手牵着手。头上闪烁的霓虹招牌，颜色从蓝变成红。两人同时互抱住对方吻起来。反复接吻几次后，他们在瓦楞纸板上跪坐好，悉心地脱起了对方的衣服。

澄雄原本很担心，这种时候自己还有能力做吗？但一感受到树里亚的裸体的热度，他就立刻兴奋起来。在商住两用大楼的黑暗屋顶上，树里亚宛如从体内散发出光亮一般。能够与美到这种地步的东西结合在一起，让澄雄很开心。性爱安静地开始、安静地结束了。悄悄地进入，温柔地摆动，然后尽可能延长结束的时间。澄雄不想让这次的性爱结束，树里亚也是一样。可以的话，希望能永远结合在一起。他们希望能随着永不止息的波浪似的摆动，让两个人的身体结合在一起。然而，再怎么叫人难受，身体的界限还是会主动到来。

或许是因为澄雄的动作自然而然变得激烈起来，让树里亚知道快要结束了吧？她以双手捧起澄雄的脸颊说："全部射在里面没关系。拜托，澄雄，把你的给我吧！"

澄雄吻了树里亚。一面把尖尖的舌头伸到柔软的嘴里，一面发出声音。射精的痉挛时间，长达过去的一倍左右。一切都结束后，两人还是保持着相互拥抱的姿势。霓虹灯把交缠的裸体染成了又红又蓝的颜色。

打开香槟的是澄雄。从板子上取出药片的是树里亚。药片多到可以放满整片手掌，需要借酒精一口气把它们吞下去。

两个起泡的香槟杯相碰时，树里亚露出奇怪的表情说："没有明天的人，该干杯祝贺什么好呢？"

澄雄的身体，还留有性爱过后那种舒服的慵懒感。无论涩谷的街道、商住两用大楼的屋顶、头上的霓虹灯，还是等一下就要一起向这世界告别的树里亚，他全都喜欢。

"就为我们现在的幸福，以及明天起依然在这个世界活下去的人的一切幸福干杯，好不好？"玻璃杯的杯缘轻轻相碰。有水果味道的爽口香槟，好像再多都能喝掉。

树里亚发出笑声说："说得也对。明天的报纸上，或许会有我们的报道吧！大家想必会说'好可怜哦'吧！可是，任谁也无法想象，我们两人此刻正处于无上的幸福中。明明我们真的是这样的满足。"

树里亚抓了一把最先要吃的药，塞进嘴里。然后抬头对着夜空，和着重新倒满的香槟吞了下去。确认她好好把药吃掉后，澄雄也从自己那堆药里抓了一把。咬碎之后，好苦。陈年香槟喝起来好像糖浆一样的甜。

两人互斟香槟，分五六次吞掉了纯白的药粒。最后，两人碰唇而吻，靠在防锈剂已经剥落的铁栏杆上。

"不会马上觉得想睡吧！"

"是啊。我现在醉得很舒服呀！啊，对了。"树里亚拿出手机，啪的一声打开盖子。"我要发短信给大家说声再见。"

澄雄想起父亲与继母。他留了一封信给父亲。大学的朋友和打工认识的同事等，有好多张脸浮现在他脑海。但他没有什么信息想要留给大家的。他打开手机发了短信，但内容写得极其简单。

我们相当幸福。

感谢过去一直这么亲切的对待。

我们完全不后悔事情变成这样。

不会忘记大家。

再次说声，谢谢。

澄雄群发完短信后，树里亚还在发。想必她有很多话想和某个人讲吧！他变得有点羡慕。

　　"对了。"澄雄拿起绑在装香槟的箱子上的红色缎带，把它绑在正在发短信的树里亚右手腕处，剩下的那一头则在自己的左手打了个蝴蝶结。

　　树里亚稍稍转向旁边说："这是什么啊？"

　　澄雄笑着回答："这是让我们到了另一个世界后也不会分离的魔法。"

　　"谢谢你。"树里亚亲了他的脸颊。

　　澄雄的身体好像渐渐融化了一样。美好的性爱、陈年香槟，以及安眠药。在三重效果下，压倒性的睡意袭来。即便如此，澄雄仍勉强睁着眼。"记住这所有的一切吧。"八月的夜风，吹冷肌肤后走掉了。街头的噪声，从中央街的方向往上传来。霓虹灯忽明忽灭，永不停歇。夜里，有人大叫，有人大笑。某处鸣起了警笛，但声音在建筑物的反射下，分不清方位。背部碰到的是湿掉的瓦楞纸板。伸手到冰盒拿出冰块含到嘴里。圆圆的冰是那么冰冷，开始融化后流下一点点水。他看向旁边。树里亚以认真的表情发着短信。细瘦的手腕上绑着的，是红色的缎带，像血一样把树里亚与自己的生命结合在一起。

　　"……听我说，树里亚。"他想讲这句话，但口舌不听使唤，最终只变成了无意义的声音。澄雄好想这么说。

　　我爱你。

　　和你相遇，真是太好了。

想要再一次，紧抱你。

一起度过最后的一天，太好了。

谢谢你。

虽然很短暂，却很幸福。

　　只要化成言语，全都是很单纯的想法。但人为了传达这种单纯，而使用了这么多的字眼，每天交换着数亿条的短信，不是吗？这些想法如今已无法化为言语，澄雄觉得有点遗憾。他看到正在使用的手机从树里亚的右手滑落。树里亚靠在铁栏杆上，头往前倒地昏睡着。澄雄光是伸出手就很吃力了。他想要去抓树里亚右手缎带上面的地方，但已经使不出力气。伸出去的手，落在了树里亚的手腕上。

　　这股睡意已无从抵抗。体内已充满白烟。澄雄的眼里，涩谷的街道与没有星星的夜空，突然倾斜起来。倾斜的角度变得愈来愈陡，澄雄一点一点地倒了下去。在闭上眼前看到的，是标有香槟商标的红色缎带。把两人结合在一起的缎带。树里亚已经一动也不动了。

　　澄雄最后的一句话，消失在街道的噪声中。

　　"……听我说，树里亚。"

　　刹那间，树里亚如大朵鲜花般的笑容浮现在眼前。幸福感满溢全身。澄雄一面笑着，一面进入不会醒来的睡眠之中。

图书在版编目（CIP）数据

拇指恋人／（日）石田衣良著；江裕真译. 一上海：
上海译文出版社，2017.11
ISBN 978-7-5327-7619-1

Ⅰ.①拇… Ⅱ.①石… ②江… Ⅲ.①长篇小说-日
本-现代 Ⅳ.①I313.45

中国版本图书馆CIP数据核字（2017）第230576号

親指の恋人 by Ira Ishida
© 2008 Ira Ishida
All rights reserved.
Original Japanese edition published in 2008 by Shogakukan Inc., Tokyo
Chinese translation rights in China (excluding Hong Kong, Macao and Taiwan)
Arranged with Shogakukan Inc.
through Shanghai Viz Communication Inc.

图字：09-2010-748号

拇指恋人	[日]石田衣良 著		出版统筹	赵武平
親指の恋人	江裕真 译		责任编辑	刘 玮
			封面设计	COMPUS·汐和

上海世纪出版股份有限公司
译文出版社出版
网址：www.yiwen.com.cn
上海世纪出版股份有限公司发行中心发行
200001 上海福建中路193号 www.ewen.co
启东市人民印刷有限公司

开本890×1240 1/32 印张7.75 插页2 字数92,000
2017年11月第1版 2017年11月第1次印刷

ISBN 978-7-5327-7619-1/I·4666
定价：38.00元

.